APULEIUS • AMOR UND PSYCHE

TUSCULUM STUDIENAUSGABEN

Wissenschaftliche Beratung:

Gerhard Fink, Manfred Fuhrmann, Rainer Nickel

APULEIUS

# AMOR UND PSYCHE

Lateinisch-deutsch

Übersetzt von Edward Brand und Wilhelm Ehlers,
mit einer Einführung von Niklas Holzberg

ARTEMIS & WINKLER

Die Deutsche Bibliothek – CIP Einheitsaufnahme

*Apuleius Madaurensis, Lucius:*
Amor und Psyche : lateinisch/deutsch /
Lucius Apuleius Madaurensis.
Übers. von Edward Brandt u. Wilhelm Ehlers,
mit e. Einf. von Niklas Holzberg. –
Düsseldorf ; Zürich : Artemis und Winkler, 2002
(Tusculum Studienausgaben)
Einheitssachtt.: Psyche et Cupido
ISBN 3-7608-1372-0


Satz: Dörlemann Satz, Lemförde
Druck und Verarbeitung: Bercker, Kevelaer
ISBN 3-7608-1372-0
www.patmos.de

INHALT

TEXT UND ÜBERSETZUNG
Amor und Psyche . . . . . . . . . . . . . . . . . . . . . . . . 6

ANHANG
Erläuterungen . . . . . . . . . . . . . . . . . . . . . . . . 89
Einführung . . . . . . . . . . . . . . . . . . . . . . . . 91
Literaturhinweise . . . . . . . . . . . . . . . . . . . . . . . . 100

28

«Erant in quadam civitate rex et regina. hi tres nu-
mero filias forma conspicuas habuere. sed maiores qui-
dem natu, quamvis gratissima specie, idonee tamen cele-
brari posse laudibus humanis credebantur; at vero puel- 2
lae iunioris tam praecipua, tam praeclara pulchritudo
nec exprimi ac ne sufficienter quidem laudari sermonis
humani penuria poterat. multi denique civium et ad- 3
venae copiosi, quos eximii spectaculi rumor studiosa
celebritate congregabat, inaccessae formonsitatis admi-
ratione stupidi et admoventes oribus suis dexteram pri-
more digito in erectum pollicem residente ut ipsam
prorsus deam Venerem religiosis ⟨venerabantur⟩ adora-
tionibus. iamque proximas civitates et attiguas regiones 4
fama pervaserat deam, quam caerulum profundum pe-
lagi peperit et ros spumantium fluctuum educavit, iam
numinis sui passim tributa venia in mediis conversari
populi coetibus vel certe rursum novo caelestium stilla-
rum germine non maria, sed terras Venerem aliam vir-
ginali flore praeditam pullulasse.

29

Sic immensum procedit in dies opinio, sic insulas iam
proxumas et terrae plusculum provinciasque plurimas
fama porrecta pervagatur. iam multi mortalium longis 2
itineribus atque altissimis maris meatibus ad saeculi
specimen gloriosum confluebant. Paphon nemo, Cnidon 3
nemo, ac ne ipsa quidem Cythera ad conspectum deae
Veneris navigabant. sacra differuntur, templa deforman-
tur, pulvinaria proteruntur, caerimoniae negleguntur.
incoronata simulacra et arae viduae frigido cinere foe-
datae. puellae supplicatur et in humanis vultibus deae 4
tantae numina placantur. et in matutino progressu vir-
ginis victimis et epulis Veneris absentis nomen propi-
tiatur iamque per plateas commeantem populi frequentes

„Es waren in einer Stadt ein König und eine Königin, die hatten drei Töchter von bedeutender Schönheit. Aber die älteren, obgleich gar lieblich anzusehen, glaubte man dennoch mit Menschenlob angemessen feiern zu können; dagegen des jüngeren Mädchens über die Maßen herrlich-hehre Holdseligkeit auszudrücken und auch nur annähernd zu preisen, war die menschliche Rede zu arm. Viele Bürger also und zahlreiche Fremde, welche das Gerücht von der ausnehmenden Sehenswürdigkeit in neugierigen Scharen herbeitrieb, bewunderten staunend die unerreichte Wohlgestalt und huldigten ihr, die Hand zum Munde geführt und dabei den Zeigefinger auf den ausgestreckten Daumen gesenkt, mit frommer Anbetung, als ob sie geradezu die Göttin Venus persönlich wäre. Und schon hatte sich in den nächsten Städten und angrenzenden Gebieten die Kunde verbreitet, die Göttin, welche der blaue Meeresgrund geboren und schäumender Flutentau gespeist hat, wandle jetzt mitten unter dem Volksgewimmel und erteile allenthalben ihren göttlichen Liebessegen; oder auch wohl, es hätten aus einem neuen Keim himmlischer Tropfen nicht Meere, sondern Länder eine zweite Venus von blühender Jugend sprießen lassen. So wächst der Glaube unaufhörlich von Stunde zu Stunde, so läuft und läuft schon die Kunde durch die Inseln in der Runde und lauter Länder und aller Munde. Schon beginnen Menschen um Menschen über lange Straßen und tiefe Meerpfade zu dem herrlichen Wunder des Jahrhunderts zusammenzuströmen. Keiner nach Paphos, keiner nach Knidos, selbst nach Kythera segelte keiner, die Göttin Venus zu schauen. Man vertagt die Opfer, läßt Tempel verfallen, Polster verschleißen, den Dienst verkümmern. Ohne Kränze die Bilder und die Altäre verwaist, mit kalter Asche geschändet. Vor einem Mädchen beugt man die Knie, huldigt im Menschenantlitz der hohen Himmelsmacht. Und beim morgendlichen Ausgang der Jungfrau fleht man mit Opfer und Mahl ohne Liebesgöttin um Liebessegen, und wenn

floribus sertis et solutis adprecantur.

Haec honorum caelestium ad puellae mortalis cultum 5
inmodica translatio verae Veneris vehementer incendit animos, et inpatiens indignationis capite quassanti fremens altius sic secum disserit:

30

«En rerum naturae prisca parens, en elementorum origo initialis, en orbis totius alma Venus, quae cum mortali puella partiario maiestatis honore tractor, et nomen meum caelo conditum terrenis sordibus profana-
tur. nimirum communi nominis piamento vicariae vene- 2
rationis incertum sustinebo, et imaginem meam circum-
feret puella moritura. frustra me pastor ille, cuius 3
iustitiam fidemque magnus comprobavit Iuppiter, ob eximiam speciem tantis praetulit deabus. sed non adeo gaudens ista, quaecumque est, meos honores usurpabit. iam faxo huius etiam ipsius inlicitae formonsitatis paeniteat.»

Et vocat confestim puerum suum pinnatum illum et 4
satis temerarium, qui malis suis moribus contempta disciplina publica, flammis et sagittis armatus per alienas domos nocte discurrens et omnium matrimonia corrumpens impune committit tanta flagitia et nihil prorsus
boni facit. hunc, quamquam genuina licentia procacem, 5
verbis quoque insuper stimulat et perducit ad illam civitatem et Psychen — hoc enim nomine puella nuncupabatur — coram ostendit.

31

Et tota illa perlata de formonsitatis aemulatione fabula gemens ac fremens indignatione «Per ego te», inquit, «maternae caritatis foedera deprecor, per tuae sagittae dulcia vulnera, per flammae istius mellitas uredines,
vindictam tuae parenti, sed plenam tribue et in pulchri- 2
tudinem contumacem severiter vindica idque unum et
pro omnibus unicum volens effice: virgo ista amore 3

sie durch die Straßen wandelt, beten die Massen des Volkes zu ihr, Blumen in Haaren und Händen.

Diese maßlose Übertragung himmlischer Ehren auf ein angebetetes Menschenkind setzt die wahre Venus in lodernden Zorn, daß sie, nicht mehr Herrin ihrer Entrüstung, mit Kopfschütteln in schnaubender Erregung zu sich spricht: „Trefflich, Ahnfrau der Natur! Trefflich, Urgrund der Elemente! Trefflich, Weltenmutter Venus! Mit einem sterblichen Mädchen habe ich die Ehre meine Hoheit zu teilen, und mein Name, festgegründet im Himmel, liegt im Schmutz irdischer Gemeinheit! Ja freilich, bei gleicher Namensanrufung soll ich mich mit unbestimmt stellvertretendem Liebesdienst abfinden, mein Bild unter die Leute bringen lassen von einem Mädchen, das eines Tages tot sein wird! Was nützts, daß mich jener Hirt, dessen Gerechtigkeit und redlichen Sinn der große Jupiter bestätigte, wegen meiner ausnehmenden Schönheit Göttinnen von Rang vorgezogen hat? Aber die Person wird nichts zu lachen haben, gleich wer sie sei, die sich meine Ehren anmaßt! Ich werde dafür sorgen, daß sie sich für eben diese unerlaubte Schönheit noch bedankt!"

Und eilends ruft sie ihren Jungen, ich meine den mit den Flügeln und rechten Tunichtgut, der mit seinen schlechten Manieren bürgerliche Zucht mißachtet, sich mit Flammen und Pfeilen bewaffnet, mitten in der Nacht durch fremde Häuser geistert, allen Leuten die Ehe verdirbt, der ungestraft derlei Schandtaten begeht und gar nichts Gutes anstellt. Steckt der schon von Haus aus voll kecken Mutwillens, so hetzt sie ihn noch überdies mit Worten auf, führt ihn zu jener Stadt und gibt ihm Psyche — denn so rief man das Mädchen mit Namen — leibhaft zu sehen. Dann berichtet sie ihm die ganze Geschichte von der Schönheitskonkurrenz und sagt mit Stöhnen und Unmutstönen: „Beim Band der Mutterliebe flehe ich dich an, bei deines Pfeiles süßen Wunden, bei deiner Flamme heißer Seligkeit: verschaffe Genugtuung deiner Mutter, aber schonungslos! Verfahre streng gegen die hochmütige Schönheit, sei so gut und bring bloß dies, statt allem einzig dies zuwege: das junge Ding da soll sich in verzehrenden Liebesflammen an den ge-

fraglantissimo teneatur hominis extremi, quem et digni-
tatis et patrimonii simul et incolumitatis ipsius Fortuna
damnavit, tamque infimi, ut per totum orbem non in-
veniat miseriae suae comparem.»

Sic effata et osculis hiantibus filium diu ac pressule 4
saviata proximas oras reflui litoris petit plantisque roseis
vibrantium fluctuum summo rore calcato ecce iam pro-
fundi maris sudo resedit vertice et ipsum, quod incipit 5
velle, set statim, quasi pridem praeceperit, non moratur
marinum obsequium: adsunt Nerei filiae chorum canen- 6
tes et Portunus caerulis barbis hispidus et gravis piscoso
sinu Salacia et auriga parvulus delphini Palaemon. iam
passim maria persultantes Tritonum catervae hic concha 7
sonaci leniter bucinat, ille serico tegmine flagrantiae solis
obsistit inimici, alius sub oculis dominae speculum pro-
gerit, curru biiuges alii subnatant. talis ad Oceanum per-
gentem Venerem comitatur exercitus.

32

Interea Psyche cum sua sibi perspicua pulchritudine nul-
lum decoris sui fructum percipit. spectatur ab omnibus,
laudatur ab omnibus, nec quisquam, non rex non regius
nec de plebe saltem cupiens eius nuptiarum petitor acce-
dit. mirantur quidem divinam speciem, sed ut simulacrum 2
fabre politum mirantur omnes. olim duae maiores sorores, 3
quarum temperatam formonsitatem nulli diffamarant po-
puli, procis regibus desponsae iam beatas nuptias adeptae,
sed Psyche virgo vidua domi residens deflet desertam 4
suam solitudinem aegra corporis, animi saucia, et quam-
vis gentibus totis complacitam odit in se suam formonsi-
tatem.

Sic infortunatissimae filiae miserrimus pater suspectatis 5
caelestibus odiis et irae superum metuens dei Milesii
vetustissimum percontatur oraculum et ⟨a⟩ tanto numine 6
precibus et victimis ingratae virgini petit nuptias et mari-

meinsten Menschen verlieren, der an Ehre und auch Besitz und selbst Gesundheit vom Schicksal geschlagen ist und so tief steht, daß er auf der ganzen Erde an Jammer nicht seinesgleichen findet!"

Nachdem sie sich so ausgesprochen und ihrem Sohn mit lechzenden Lippen lange, innige Küsse gegeben hat, eilt sie zum brandenden Strand des nächsten Gestades und betritt mit rosigen Sohlen wogender Fluten schaumige Krone. Da, nun läßt sie sich nieder auf heiterer Wölbung der Meerestiefe, und wie sie es eben wünschen will, nein, sofort, als hätte sie es längst befohlen: das Gefolge des Meeres läßt nicht auf sich warten. Zur Stelle sind die Nereustöchter mit Chorgesang, Portunus in struppig schwarzen Zotten, von Fischlast gebauscht Salacia und als Delphinlenker das Bürschlein Palämon. Schon hüpfen allerorten Tritonenscharen durch die Fluten: einer tutet sanft auf tönender Muschel, der zweite hält einen seidenen Schirm gegen die stechend heiße Sonne, der dritte hebt der Herrin einen Spiegel vor Augen, zu zweit schwimmen andere zu ihren Füßen im Wagengeschirr. Solche Heerscharen geleiten Venus auf ihrer Reise zum Ozean.

Inzwischen spürt Psyche in ihrer ganzen ätherischen Schönheit keinen Gewinn von ihrer Anmut. Betrachtet wird sie von allen, gelobt von allen; aber keiner, nicht König noch Königssohn, nicht einmal einer aus dem Volk begehrt sie und kommt, um ihre Hand anzuhalten. Man bewundert ihre göttliche Erscheinung, aber jeder bewundert sie wie ein kunstreich vollendetes Standbild. Längst schon hatten die beiden älteren Schwestern, von deren begrenzter Schönheit nichts über die Erde hin verlautet war, es zur Verlobung mit königlichen Freiern und zu glücklicher Hochzeit gebracht; doch Psyche sitzt als Mädchen ohne Mann zuhause, weint sich blind über ihre Verlassenheit und Einsamkeit, siech am Leibe und wunden Herzens, und haßt ihre eigene Schönheit, mag sie auch aller Welt gefallen.

So befragt der arme Vater der unglücklichen Tochter, weil er Göttergrimm vermutet und Himmelszorn befürchtet, das uralte Orakel des Gottes von Milet und bittet den hohen Helfer mit Gebet und Opfer für das verschmähte Mädchen um Hochzeit

tum. sed Apollo, quamquam Graecus et Ionicus, propter Milesiae conditorem sic Latina sorte respondit:

33

«Montis in excelsi scopulo, rex, siste puellam
ornatam mundo funerei thalami.
nec speres generum mortali stirpe creatum,
sed saevum atque ferum vipereumque malum,
quod pinnis volitans super aethera cuncta fatigat 2
flammaque et ferro singula debilitat,
quod tremit ipse Iovis, quo numina terrificantur
fluminaque horrescunt et Stygiae tenebrae.»

Rex olim beatus affatu sanctae vaticinationis accepto 3
pigens tristisque retro domum pergit suaeque coniugi
praecepta sortis enodat infaustae. maeretur, fletur, la-
mentatur diebus plusculis. sed dirae sortis iam urget
taeter effectus. iam feralium nuptiarum miserrimae vir- 4
gini choragium struitur, iam taedae lumen atrae fuliginis
cinere marcescit et sonus tibiae zygiae mutatur in queru-
lum Ludii modum cantusque laetus hymenaei lugubri
finitur ululatu et puella nuptura deterget lacrimas ipso
suo flammeo. sic adfectae domus triste fatum cuncta 5
etiam civitas congemebat luctuque publico confestim
congruens edicitur iustitium.

34

Sed monitis caelestibus parendi necessitas misellam
Psychen ad destinatam poenam efflagitabat. perfectis
igitur feralis thalami cum summo maerore sollemnibus
toto prosequente populo vivum producitur funus et la-
crimosa Psyche comitatur non nuptias, sed exequias suas.
ac dum maesti parentes et tanto malo perciti nefarium 2
facinus perficere cunctantur, ipsa illa filia talibus eos
adhortatur vocibus:

«Quid infelicem senectam fletu diutino cruciatis? quid 3

und Gatten. Da antwortete Apollo, wiewohl Grieche und Ionier, dem Autor des milesischen Romans zuliebe mit einem Spruch auf lateinisch:

„Hoch auf Gebirges Felsen, König, stelle das Mädchen,
angetan mit dem Schmuck, wie er der Todesbraut ziemt!
Nicht erwarte du dir einen Schwiegersohn sterblichen Stammes,
sondern ein grausam-wild frevelndes Viperngezücht!
Durch die Lüfte flatterts daher und stört jeden Frieden,
bringt mit Flamme und Stahl alle Geschöpfe zu Fall.
Jupiter selbst erzittert vor ihm, die Götter erbeben,
und es schaudert der Pfuhl, schaudert die stygische Nacht."

Als der Vater, einst ein glücklicher König, das heilige Seherwort empfangen, reist er voll Mißmut und Traurigkeit nach Hause zurück und enthüllt seiner Gemahlin die Weisungen des Unglücksspruches. Kummer, Weinen, Klagen tagelang! Aber schon drängt des grausamen Orakels entsetzliche Verwirklichung. Schon wird dem ärmsten Mädchen mit Gepränge die Todeshochzeit zugerüstet; schon trübt sich der Fackel Licht in rußig-schwarzer Asche, wandelt sich der Hochzeitsflöte Ton in klagende Lyderweise, endet des Festlieds fröhlicher Sang mit dumpfem Wehgeschrei und trocknet gar das Mädchen zum Ehebeginn ihre Tränen mit dem Brautschleier. An dem traurigen Los des so geschlagenen Hauses nahm auch die gesamte Bürgerschaft mit Seufzen teil, und sofort wird zum Ausdruck der allgemeinen Betrübnis Landestrauer verkündet.

Aber gegen den Spruch des Himmels war Gehorsam notwendig und die arme Psyche mußte sich der festgesetzten Buße stellen. Als also die Feierlichkeiten der Todeshochzeit unter tiefster Trauer vollzogen waren, wird im Geleit des ganzen Volkes die lebendige Tote hinausgeführt, und in Tränen schwimmend wandelt Psyche nicht in ihrem Hochzeits-, sondern in ihrem Leichenzug. Und wie die Eltern bekümmert und leidverstört zögern, die Schmach und Schande der Tat zu vollenden, macht ihre Tochter selbst ihnen Mut und spricht:

„Was martert ihr euch auf eure armen alten Tage mit Weinen

spiritum vestrum, qui magis meus est, crebris eiulatibus
fatigatis? quid lacrimis inefficacibus ora mihi veneranda
foedatis? quid laceratis in vestris oculis mea lumina?
quid canitiem scinditis? quid pectora, quid ubera sancta
tunditis? haec erunt vobis egregiae formonsitatis meae 4
praeclara praemia. Invidiae nefariae letali plaga percussi
sero sentitis. cum gentes et populi celebrarent nos divi- 5
nis honoribus, cum novam me Venerem ore consono
nuncuparent, tunc dolere, tunc flere, tunc me iam quasi
peremptam lugere debuistis. iam sentio, iam video solo
me nomine Veneris perisse. ducite me et cui sors addixit 6
scopulo sistite. festino felices istas nuptias obire, festino
generosum illum maritum meum videre. quid differo,
quid detrecto venientem, qui totius orbis exitio natus
est?»

35

Sic profata virgo conticuit ingressuque iam valido
pompae populi prosequentis sese miscuit. itur ad consti- 2
tutum scopulum montis ardui, cuius in summo cacumine
statutam puellam cuncti deserunt taedasque nuptiales,
quibus praeluxerant, ibidem lacrimis suis extinctas relin-
quentes deiectis capitibus domuitionem parant. et miseri 3
quidem parentes eius tanta clade defessi, clausae domus
abstrusi tenebris, perpetuae nocti sese dedidere.

Psychen autem paventem ac trepidam et in ipso sco- 4
puli vertice deflentem mitis aura molliter spirantis Zephyri vibratis hinc inde laciniis et reflato sinu sensim levatam suo tranquillo spiritu vehens paulatim per devexa rupis excelsae vallis subditae florentis cespitis gremio leniter delapsam reclinat.

ohne Unterlaß? Was quält ihr euren Odem, der eher mir gehört, mit lauter Jammer? Was entstellt ihr mit nutzlosen Tränen eure mir heiligen Züge? Was zerrüttet ihr in euren Augen mein Gesicht? Was zerrauft ihr euer graues Haar? Was schlagt ihr die Brust, den ehrwürdigen Busen? Dies wird euer hoher Lohn sein für meine herrliche Schönheit! Frevlerischer Neid hat euch zu Tode getroffen, ihr merkt es zu spät! Als alle Welt meine Person mit göttlichen Ehren feierte, als sie mich wie aus einem Munde eine neue Venus nannte, da hättet ihr stöhnen, da weinen, da mich betrauern sollen, als wäre ich schon tot. Jetzt fühle ich, jetzt sehe ich, daß allein der Name Venus mir den Tod gebracht hat. Führt mich hin und stellt mich auf die Klippe, der mich das Orakel geweiht hat. Ich eile, die glückliche Hochzeit zu begehen, ich eile, meinen edlen Gatten zu schauen. Was verwehre, was verweigere ich ihm das Kommen, der die ganze Welt zu vernichten geschaffen ist?"

So kündete das Mädchen, verstummte jetzt und mischte sich schon mit kräftigem Schritt unter den Zug des geleitenden Volkes. Man geht zu der bestimmten steilen Bergklippe, stellt das Mädchen auf den höchsten Gipfel, und nun gehen alle hinweg, lassen die Hochzeitsfackeln, die vorangeleuchtet hatten und jetzt in ihren Tränen erloschen, an Ort und Stelle zurück und machen sich gesenkten Hauptes auf den Heimweg. Ihre armen Eltern selbst warf der furchtbare Schlag zu Boden, daß sie das Haus versperrten und in seinem Dunkel untertauchten, um sich beständiger Nacht zu befehlen.

Psyche aber, die mit Furcht und Zittern oben auf dem Felsgipfel sich die Augen ausweinte, hebt sanft säuselnd ein linder Zephyrhauch mit flatternden Gewändern und geblähtem Bausch sacht empor, trägt sie in ruhigem Wehen gemächlich über die ragenden Berghänge und lehnt sie, da sie hinabgeglitten, im Tale drunten leise auf einen blühenden Rasenschoß.

# LIBER V

1

Psyche teneris et herbosis locis in ipso toro roscidi graminis suave recubans tanta mentis perturbatione sedata dulce conquievit. iamque sufficienti recreata somno
placido resurgit animo. videt lucum proceris et vastis 2
arboribus consitum, videt fontem vitreo latice perlucidum. medio luci meditullio prope fontis adlapsum domus regia est aedificata non humanis manibus, sed divinis
artibus. iam scies ab introitu primo dei cuiuspiam lucu- 3
lentum et amoenum videre te diversorium. nam summa laquearia citro et ebore curiose cavata subeunt aureae columnae, parietes omnes argenteo caelamine conteguntur bestiis et id genus pecudibus occurrentibus ob os
introeuntium. mirus prorsum homo, immo semideus vel 4
certe deus, qui magnae artis subtilitate tantum efferavit
argentum. enimvero pavimenta ipsa lapide pretioso cae- 5
sim deminuto in varia picturae genera discriminantur. vehementer, iterum ac saepius beatos illos, qui super
gemmas et monilia calcant. iam ceterae partes longe 6
lateque dispositae domus sine pretio pretiosae totique parietes solidati massis aureis splendore proprio coruscant, ut diem suum sibi domus faciat licet sole nolente;
sic cubicula, sic porticus, sic ipsae valvae fulgurant. nec 7
setius opes ceterae maiestati domus respondent, ut equidem illud recte videatur ad conversationem humanam magno Iovi fabricatum caeleste palatium.

2

Invitata Psyche talium locorum oblectatione propius accessit et paulo fidentior intra limen sese facit, mox

# FÜNFTES BUCH

In zartem Wiesengrunde gerade auf einem Polster taufrischen Grases lieblich ruhend, sank Psyche, als sich all ihre Verwirrung gelegt hatte, in süßen Schlummer. Bald ist sie von reichlichem Schlaf erquickt und erhebt sich mit heiterem Sinn. Sie sieht einen Park mit hohem und mächtigem Baumbestand, sie sieht eine Quelle mit kristallen-durchsichtiger Flut. Mitten im Park, genau mittendrin, nahe am hüpfenden Quell, steht ein Königspalast, gebaut nicht mit Menschenhänden, sondern mit Götterkünsten. Schon gleich beim Eintreten merkt man, daß man irgend eines Gottes prächtig-anmutiges Lustschloß vor sich hat. Denn ein hohes Deckengetäfel mit köstlichen Kassetten aus Zitrus und Elfenbein wird von goldenen Säulen getragen, alle Wände sind mit silbernen Reliefs bedeckt von Raubwild und ähnlichem Getier, das den Eintretenden unter die Augen springt. Ein Wundermann wirklich, nein, ein Halbgott oder gar ein Gott war es, der mit großer Kunst und Feinheit soviel Silber mit Wild belebte! Und nun gar der Fußboden ist mit Mosaiks von kostbaren Steinen in verschiedene Bildgruppen abgeteilt. Über-, doppelt und mehrfach glücklich, wer auf Gold und Kleinodien tritt! Und erst die übrigen Teile des weitläufig angelegten Hauses! Ein unschätzbarer Schatz: die Wände, von oben bis unten massiv aus gediegenem Gold, schimmern im eigenen Glanz, so daß das Haus sich selbst seinen Tag macht, auch wenn die Sonne nicht mag. So blitzen Gemächer, blitzen Säulenhallen, blitzen Türflügel sogar. Und ebenso entspricht die sonstige Pracht dem herrlichen Haus, so daß es wirklich und wahrhaftig scheint, dies sei, zum Umgang mit Menschen für den großen Jupiter gebaut, ein Himmelspalast.

Der entzückende Ort lädt Psyche ein, näherzutreten, und sie macht sich ein wenig zutraulicher über die Schwelle hinein.

prolectante studio pulcherrimae visionis rimatur singula
et altrinsecus aedium horrea sublimi fabrica perfecta
magnisque congesta gazis conspicit. nec est quicquam,
quod ibi non est. sed praeter ceteram tantarum divi- 2
tiarum admirationem hoc erat praecipue mirificum, quod
nullo vinculo, nullo claustro, nullo custode totius orbis
thensaurus ille muniebatur. haec ei summa cum volup- 3
tate visenti offert sese vox quaedam corporis sui nuda et
«Quid», inquit, «domina, tantis obstupescis opibus? tua
sunt haec omnia. prohinc cubiculo te refer et lectulo lassi-
tudinem refove et ex arbitrio lavacrum pete. nos, quarum 4
voces accipis, tuae famulae sedulo tibi praeministrabimus
nec corporis curatae tibi regales epulae morabuntur.»

3

Sensit Psyche divinae providentiae beatitudinem mo-
nitusque vocis informis audiens et prius somno et mox
lavacro fatigationem sui diluit; visoque statim proximo 2
semirotundo suggestu propter instrumentum cenatorium
rata refectui suo commodum libens accumbit. et ilico 3
vini nectarei eduliumque variorum fercula copiosa nullo
serviente, sed tantum spiritu quodam impulsa subminis-
trantur. nec quemquam tamen illa videre poterat, sed 4
verba tantum audiebat excidentia et solas voces famulas
habebat. post opimas dapes quidam introcessit et canta- 5
vit invisus et alius citharam pulsavit, quae videbatur nec
ipsa. tunc modulatae multitudinis conserta vox aures
eius affertur, ut, quamvis hominum nemo pareret, cho-
rus tamen esse pateret.

4

Finitis voluptatibus vespera suadente concedit Psyche
cubitum. iamque provecta nocte clemens quidam sonus
aures eius accedit. tunc virginitati suae pro tanta soli- 2
tudine metuens et pavet et horrescit et quovis malo plus
timet quod ignorat. iamque aderat ignobilis maritus et 3
torum inscenderat et uxorem sibi Psychen fecerat et
ante lucis exortum propere discesserat. statim voces cu- 4

Bald wird sie von Neugier verlockt, die Herrlichkeiten anzuschauen; sie nimmt alles in Augenschein und erblickt auf der anderen Seite des Hauses Magazine von vollendet feiner Bauweise und voll von lauter Kostbarkeiten, – nichts gibt es, was es dort nicht gibt! Aber soviel auch all der Reichtum staunen machte, besonders erstaunlich war, daß kein Schloß, kein Riegel, kein Wächter diese Schatzkammer der ganzen Welt hütete. Als sie die Dinge mit höchstem Vergnügen besichtigt, läßt sich eine wesenlose Stimme zu ihr vernehmen und spricht: „Warum stehst du staunend, Herrin, vor soviel Reichtum? Dein ist dies alles. Tritt also ins Gemach, erquicke dich auf weichem Lager und geh nach Belieben ins Bad! Wir, deren Stimmen du vernimmst, werden dir als deine Zofen emsig aufwarten, und hast du dich gepflegt, wird ein königliches Mahl nicht säumen."

Da fühlte Psyche die Seligkeit göttlicher Fürsorge, und wie sie die Weisungen der gestaltlosen Stimme hört, verscheucht sie erst mit Schlaf und dann mit einem Bad ihre Müdigkeit; und als sie sogleich ganz nahe ein Halbrund aufgeführt sieht, glaubt sie es wegen des Speisegeschirrs zu ihrer Labung bestimmt und läßt sich vergnügt nieder. Und auf der Stelle werden ausgiebige Gänge mit Nektarwein und verschiedenen Gerichten ohne Diener, nur von einem Hauch geblasen, aufgetragen. Niemanden aber konnte sie sehen, sondern hörte nur Worte fallen und hatte bloße Stimmen als Dienerinnen. Nach reichlichem Mahl kam jemand herein und sang unsichtbar, und ein anderer schlug eine Zither, die auch selbst nicht zu sehen war. Dann dringt von vielen Stimmen eine harmonische Komposition zu ihren Ohren, so daß es klar war, wiewohl kein Mensch da war, es müsse ein Chor sein.

Als die Genüsse zu Ende sind und der Abend ruft, begibt sich Psyche zu Bett. Die Nacht ist schon vorgerückt, als ein gelinder Ton zu ihren Ohren dringt. Da bangt sie für ihre Unschuld bei so großer Einsamkeit und zagt und schaudert und fürchtet mehr als jedes andere Unglück das, was sie nicht kennt. Und schon war der unbekannte Gatte da und hatte das Lager bestiegen und Psyche zu seiner Gattin gemacht und war vor Tagesanbruch eilends entschwunden. Sogleich nehmen im

biculo praestolatae novam nuptam interfectae virginita-
tis curant. haec diutino tempore sic agebantur. atque ut 5
est natura redditum, novitas per assiduam consuetudinem
delectationem ei commendarat et sonus vocis incertae
solitudinis erat solacium.

Interea parentes eius indefesso luctu atque maerore 6
consenescebant latiusque porrecta fama sorores illae
maiores cuncta cognorant propereque maestae atque
lugubres deserto lare certatim ad parentum suorum con-
spectum adfatumque perrexerant.

5

Ea nocte ad suam Psychen sic infit maritus — namque
praeter oculos et manibus et auribus ⟨ut praesent⟩ius
nihil sentiebatur —: «Psyche dulcissima et cara uxor, 2
exitiabile tibi periculum minatur Fortuna saevior, quod
observandum pressiore cautela censeo. sorores iam tuae 3
mortis opinione turbatae tuumque vestigium requirentes
scopulum istum protinus aderunt. quarum si quas forte
lamentationes acceperis, neque respondeas, immo nec
prospicias omnino; ceterum mihi quidem gravissimum
dolorem, tibi vero summum creabis exitium.»

Annuit et ex arbitrio mariti se facturam spopondit. 4
sed eo simul cum nocte dilapso diem totum lacrimis ac
plangoribus misella consumit se nunc maxime prorsus 5
perisse iterans, quae beati carceris custodia septa et
humanae conversationis colloquio viduata nec sororibus
quidem suis de se maerentibus opem salutarem ferre
ac ne videre eas quidem omnino posset. nec lavacro nec 6
cibo nec ulla denique refectione recreata flens ubertim
decessit ad somnum.

6

Nec mora, cum paulo maturius lectum maritus accu-
bans eamque etiam nunc lacrimantem complexus sic ex-
postulat: «Haecine mihi pollicebare, Psyche mea? quid 2
iam de te tuus maritus expecto, quid spero? et perdia et
pernox nec inter amplexus coniugales desinis cruciatum?

Schlafgemach harrende Stimmen sich der Neuvermählten ob der vernichteten Unschuld an. Dies geschah so eine lange Zeit. Und wie es von der Natur eingerichtet ist, war ihr durch stete Gewöhnung das Neue lieb geworden, und der Klang der Geisterstimme war ihr Trost in der Einsamkeit.

Mittlerweile alterten ihre Eltern in unendlichem Harm und Gram, und als die Kunde sich weiter verbreitete, hatten die älteren Schwestern alles erfahren, eilends in tiefer Trauer ihr Heim verlassen und um die Wette ihre Eltern aufgesucht, sie zu sehen und zu trösten.

In jener Nacht begann zu seiner Psyche der Gatte zu sprechen — denn wenn auch nicht mit den Augen, mit Händen und Ohren war er ganz leibhaft wahrnehmbar —: „Psyche, herzallerliebste Frau, ein recht grausames Schicksal droht dir tödliche Gefahr an, vor der du dich, meine ich, recht besonnen und vorsichtig hüten mußt. Deine Schwestern glauben dich tot und suchen verstört nach deiner Spur; sie werden jetzt gleich auf dieser Klippe erscheinen. Hörst du sie etwa klagen, so antworte nicht, ja schaue überhaupt nicht hinaus; sonst wirst du mir furchtbaren Schmerz, dir aber tödliches Leid antun."

Sie nickte und gelobte, nach dem Willen ihres Gatten zu handeln. Aber als er zugleich mit der Nacht entwichen ist, verbringt die Arme den ganzen Tag mit Tränen und Brüsteschlagen; jetzt sei es, sagt sie sich immer wieder, ganz und gar mit ihr aus, da sie — in traumhafte Kerkerhaft gebannt, von Umgang und Zwiesprache mit Menschen geschieden — nicht einmal ihren Schwestern in deren Kummer um sie selbst wirksame Hilfe bringen und sie überhaupt nicht einmal sehen könne. Kein Bad, keine Speise und keine Labung sonst lockte sie zur Erquickung, sondern tränenüberströmt zog sie sich zum Schlummer zurück.

Nicht lange, so legt sich ein wenig zeitiger als sonst ihr Gatte neben ihr zu Bett, umarmt die immer noch Weinende und stellt sie zur Rede: „Das also versprachst du mir, meine Psyche? Was soll ich, dein Gatte, jetzt von dir erwarten, was erhoffen? Bei Tag und Nacht, ja, in meinen Armen hörst du nicht auf,

age iam nunc, ut voles, et animo tuo damnosa poscenti 3
pareto. tantum memineris meae seriae monitionis, cum
coeperis sero paenitere.»

Tunc illa precibus et dum se morituram comminatur 4
extorquet a marito, cupitis adnuat, ut sorores videat, luc-
tus mulceat, ora conferat. sic ille novae nuptae preci- 5
bus veniam tribuit et insuper, quibuscumque vellet eas
auri vel monilium donare, concessit, sed identidem mo- 6
nuit ac saepe terruit, ne quando sororum pernicioso con-
silio suasa de forma mariti quaerat neve se sacrilega
curiositate de tanto fortunarum suggestu pessum deiciat
nec suum postea contingat amplexum. gratias egit ma- 7
rito iamque laetior animo «Sed prius», inquit, «centies
moriar, quam tuo isto dulcissimo conubio caream. amo
enim et efflictim te, quicumque es, diligo aeque ut meum
spiritum nec ipsi Cupidini comparo. sed istud etiam meis 8
precibus, oro, largire et illi tuo famulo Zephyro prae-
cipe, simili vectura sorores hic mihi sistat.» et imprimens 9
oscula suasoria et ingerens verba mulcentia et inserens
membra cogentia haec etiam blanditiis astruit: «Mi
mellite, mi marite, tuae Psychae dulcis anima.» vi ac 10
potestate Venerii susurrus invitus succubuit maritus et
cuncta se facturum spopondit atque etiam luce proxu-
mante de manibus uxoris evanuit.

7

At illae sorores percontatae scopulum locumque illum,
quo fuerat Psyche deserta, festinanter adveniunt ibique
difflebant oculos et plangebant ubera, quoad crebris
earum eiulatibus saxa cautesque parilem sonum resul-
tarent. iamque nomine proprio sororem miseram ciebant, 2
quoad sono penetrabili vocis ululabilis per prona delapso
amens et trepida Psyche procurrit e domo et «Quid»,

dich zu quälen? Handle also jetzt, wie du willst, und drängt dich dein Herz zu Torheiten, so folge immer! Nur erinnere dich meiner ernsten Warnung, wenn du erst spät zu bereuen beginnst!"

Da entwindet Psyche unter Bitten und Drohungen, sie werde sterben, ihrem Gatten ein Ja zu ihrem Begehren: daß sie die Schwestern sehe, ihren Gram lindere, sich mit ihnen unterhalte. So gab er den Bitten seiner jungen Frau nach und verstattete ihr noch dazu, die Schwestern nach Belieben mit Gold und Geschmeide zu beschenken; aber immer wieder warnte er sie und drohte ihr oft, sie solle nie dem bösen Rat ihrer Schwestern folgen und nach der Art ihres Gatten fragen, solle sich nicht durch frevle Neugier von solcher Glückeshöhe zu Boden stürzen, wonach sie seine Umarmung nicht mehr spüren dürfe. Sie dankte ihrem Gemahl, wurde nun schon fröhlicher und sprach: „Nein, eher will ich hundertmal sterben als auf die Seligkeit verzichten, an deiner Seite zu ruhen! Denn ich liebe dich, und von ganzem Herzen, wer immer du seist, halte ich dich so teuer wie mein Leben und stelle selbst Cupido nicht höher. Aber noch mit einem komm bitte meinen Wünschen nach und befiehl deinem Diener Zephyr, in ähnlicher Weise meine Schwestern hierherzutragen und vor mich zu stellen!" Und sie bedeckt ihn mit verführerischen Küssen und berückt ihn mit schmeichelnden Worten und drückt ihn mit schmiegsamen Gliedern, indem sie ihren Betörungskünsten die Worte hinzufügt: „Mein liebster Freund, mein bester Mann, deiner Psyche Seelenglück!" Der Gewalt und Macht des Liebesgeflüsters erlag wider Willen der Gemahl, gelobte alles zu tun und entschwand, da der Tag schon nahte, aus den Händen der Gattin.

Doch die Schwestern haben die Klippe und die Stelle erkundet, wo man Psyche verlassen hatte, und kommen eilends herbei, um dort ihre Augen auszuweinen und ihre Brüste zu schlagen, bis die Felswände ihr Weh und Ach in gleichem Klang widergaben. Und jetzt riefen sie die arme Schwester bei ihrem Namen, bis der Ton ihres durchdringenden Geheuls über den Abhang hinabschwebte und Psyche außer sich vor Erregung

inquit, «vos miseris lamentationibus necquicquam effli-
gitis? quam lugetis, adsum. lugubres voces desinite et 3
diutinis lacrimis madentes genas siccate tandem, quippe
cum iam possitis quam plangebatis amplecti.»

Tunc vocatum Zephyrum praecepti maritalis admo- 4
net. nec mora, cum ille parens imperio statim clemen-
tissimis flatibus innoxia vectura deportat illas. iam mu- 5
tuis amplexibus et festinantibus saviis sese perfruuntur
et illae sedatae lacrimae postliminio redeunt prolectante
gaudio. «Sed et tectum», inquit, «et larem nostrum lae- 6
tae succedite et afflictas animas cum Psyche vestra re-
create.»

8

Sic allocuta summas opes domus aureae vocumque
servientium populosam familiam demonstrat auribus
earum lavacroque pulcherrimo et inhumanae mensae
lautitiis eas opipare reficit, ut illarum prorsus caelestium 2
divitiarum copiis affluentibus satiatae iam praecordiis
penitus nutrirent invidiam. denique altera earum satis 3
scrupulose curioseque percontari non desinit, quis illa-
rum caelestium rerum dominus, quisve vel qualis ipsius
sit maritus. nec tamen Psyche coniugale illud praeceptum 4
ullo pacto temerat vel pectoris arcanis exigit, sed e re
nata confingit esse iuvenem quendam et speciosum, com-
modum lanoso barbitio genas inumbrantem, plerumque
rurestribus ac montanis venatibus occupatum et, ne qua 5
sermonis procedentis labe consilium tacitum proderetur,
auro facto gemmosisque monilibus onustas eas statim vo-
cato Zephyro tradit reportandas.

9

Quo protinus perpetrato sorores egregiae domum red-
euntes iamque gliscentis invidiae felle fraglantes multa
secum sermonibus mutuis perstrepebant. sic denique
infit altera:
«En orba et saeva et iniqua Fortuna. hocine tibi com- 2

aus dem Haus gelaufen kam mit den Worten: „Was härmt ihr euch mit erbärmlichen Klagen ohne Grund zu Tode? Die ihr betrauert, hier bin ich! Laßt das Wehgeschrei und trocknet nach ewigen Tränen endlich eure nassen Wangen; denn ihr könnt die Bejammerte ja jetzt umarmen!"
Dann ruft sie den Zephyr und mahnt ihn an ihres Gatten Gebot. Unverzüglich gehorcht er dem Befehl und trägt sogleich in lindem Wehen und behutsamem Geleit die beiden herab. Jetzt tauschen sie beglückte Umarmungen und stürmische Küsse, und von der Freude entlockt kehren die vorhin beruhigten Tränen nachträglich zurück. „Aber kommt auch ins Haus", sagte sie, „und in unser Heim und erholt euch von eurem Seelenschmerz bei eurer Psyche!"

So spricht sie ihnen zu und zeigt ihnen die Herrlichkeiten des Palastes, weist ihren Ohren das reiche Gesinde dienender Stimmen und erquickt sie dann mit wohligem Bad und den köstlichen Leckerbissen der Geistertafel. Am Ende, als sie sich an der Überfülle dieses geradezu himmlischen Reichtums gesättigt haben, nähren sie schon tief drinnen im Herzen den Neid. Schließlich läßt die eine von ihnen nicht ab, ziemlich genau und neugierig nachzuforschen, wer denn der Herr dieses himmlischen Besitzes und wer oder welcher Art schließlich ihr Gemahl sei. Aber Psyche verletzt mitnichten das Gebot des Gatten und läßt es nicht aus dem Allerheiligsten ihrer Brust, sondern erfindet aus dem Stegreif, er sei ein junger und hübscher Mann, dem eben der erste Bartflaum die Wangen beschatte und der meistens auf den Fluren oder im Gebirge der Jagd obliege. Und um im Verlauf der Unterhaltung nicht zu straucheln und heimliche Gedanken zu verraten, belädt sie die Schwestern mit Goldschmuck und Juwelengeschmeide, ruft gleich den Zephyr und übergibt sie ihm zum Heimgeleit.
So geschah es sofort, und auf dem Nachhauseweg begannen die trefflichen Schwestern schon vor gallig aufsteigendem Neid zu kochen und im Gedankenaustausch miteinander allerlei durchzuklatschen. Schließlich hebt die eine an:
„Da sieht man, wie blind und böse und ungerecht Fortuna ist!

placuit, ut utroque parente prognatae diversam sortem
sustineremus? et nos quidem, quae natu maiores sumus, 3
maritis advenis ancillae deditae, extorres et lare et ipsa
patria degamus longe parentum velut exulantes, haec 4
autem novissima, quam fetu satiante postremus partus
effudit, tantis opibus et deo marito potita sit, quae nec
uti recte tanta bonorum copia novit? vidisti, soror, quan- 5
ta in domo iacent et qualia monilia, quae praenitent
vestes, quae splendicant gemmae, quantum praeterea
passim calcatur aurum. quodsi maritum etiam tam for- 6
monsum tenet, ut affirmat, nulla nunc in orbe toto feli-
cior vivit. fortassis tamen procedente consuetudine et
adfectione roborata deam quoque illam deus maritus
efficiet. sic est hercules, sic se gerebat ferebatque. iam 7
iam sursum respicit et deam spirat mulier, quae voces
ancillas habet et ventis ipsis imperitat. at ego misera 8
primum patre meo seniorem maritum sortita sum, dein
cucurbita calviorem et quovis puero pusilliorem, cunc-
tam domum seris et catenis obditam custodientem.»

10

Suscipit alia: «Ego vero maritum articuli etiam morbo
complicatum curvatumque ac per hoc rarissimo venerem
meam recolentem sustineo, plerumque detortos et dura- 2
tos in lapidem digitos eius perfricans, fomentis olidis et
pannis sordidis et faetidis cataplasmatibus manus tam
delicatas istas adurens nec uxoris officiosam faciem, sed
medicae laboriosam personam sustinens. et tu quidem, 3
soror, videris, quam patienti vel potius servili — dicam
enim libere quod sentio — haec perferas animo; enimvero
ego nequeo sustinere ulterius tam beatam fortunam al-
lapsam indignae. recordare enim, quam superbe, quam 4
adroganter nobiscum egerit et ipsa iactatione inmodicae

Läßt du dir das gefallen, daß wir als gleicher Eltern Kinder verschieden gestellt sind? Ja freilich! Wir, die Erstgeborenen, sollen bei hergelaufenen Männern die Dienstboten machen, uns von Haus und Heimat vertreiben lassen und fern von den Eltern wie Verbannte unser Leben verbringen; aber diese Person, die Jüngste, die der erschöpfte Schoß als letzte Frucht noch abgestoßen hat, soll solchen Reichtum und einen Gott zum Gatten bekommen haben, wo sie nicht einmal mit soviel Glücksfülle etwas Rechtes anzufangen weiß? Du hast es gesehen, Schwester: wieviel Kleinodien und was für welche liegen da im Hause, was glänzen für Tuche, was glitzern für Juwelen, auf was für Mengen von Gold tritt man schließlich überall! Wenn sie nun auch so einen schönen Mann besitzt, wie sie behauptet, gibt es augenblicklich auf der ganzen Welt kein glücklicheres Frauenzimmer. Doch vielleicht wird bei fortschreitendem Umgang und gefestigter Neigung ihr Göttergatte auch aus ihr eine Göttin machen? Das stimmt, weiß der Himmel: so ist sie gegangen und gestanden! Gleich trägt sie schon die Nase hoch und schnieft wie eine Göttin, das Weibsbild, weil es Stimmen zu Mägden hat und selbst die Winde alle Tage kommandiert. Aber ich Arme habe einen Gatten erwischt, der erstens älter ist als mein Vater, zweitens kahler als ein Kürbis und knirpsiger als jedes Kind und der das ganze Haus mit Riegeln und Ketten unter Verschluß hält."

Die andere erwidert: „Aber ich muß mir einen Mann gefallen lassen, der obendrein von der Gicht verkrümmt und verkrüppelt ist und deswegen höchst selten mit mir Umgang pflegt. Die ganze Zeit reibe ich seine verbogenen und steinharten Finger ein, verätze mit stinkenden Umschlägen und schmutzigen Lappen und unappetitlichen Pflastern meine überzarten Hände und sehe nicht wie eine liebevolle Gattin aus, sondern spiele die mühevolle Rolle einer Ärztin. Magst du zusehen, Schwester, mit welcher Geduld oder vielmehr Kriecherei — denn ich will offen sagen, was ich denke — du dies erträgst; meinerseits kann ich mich künftig nicht damit abfinden, daß ein solches Glückslos einer Unwürdigen zugefallen ist. Erinnere dich nur, wie hochmütig, wie anmaßend sie mit uns verfahren ist

ostentationis tumentem suum prodiderit animum deque 5
tantis divitiis exigua nobis invita proiecerit confestimque
praesentiam nostram gravata propelli et efflari exsibi-
larique nos iusserit. nec sum mulier nec omnino spiro, 6
nisi eam pessum de tantis opibus deiecero. ac si tibi
etiam, ut par est, inacuit nostra contumelia, consilium
validum requiramus ambae. iamque ista, quae ferimus, 7
non parentibus nostris ac nec ulli monstremus alii, immo
nec omnino quicquam de eius salute norimus. sat est, 8
quod ipsae vidimus quae vidisse paenitet, nedum ut geni-
toribus et omnibus populis tam beatum eius differamus
praeconium. nec sunt enim beati, quorum divitias nemo
novit. sciet se non ancillas, sed sorores habere maiores. 9
et nunc quidem concedamus ad maritos et lares pauperes
nostros, sed plane sobrios revisamus diuque cogitationi-
bus pressioribus instructae ad superbiam poeniendam fir-
miores redeamus.»

11

Placet pro bono duabus malis malum consilium totis-
que illis tam pretiosis muneribus absconditis comam tra-
hentes et, proinde ut merebantur, ora lacerantes simu-
latos redintegrant fletus. ac sic parentes quoque redul- 2
cerato prorsum dolore raptim deterrentes vesania tur-
gidae domus suas contendunt dolum scelestum, immo
vero parricidium struentes contra sororem insontem.

Interea Psychen maritus ille, quem nescit, rursum suis 3
illis nocturnis sermonibus sic commonet: «Videsne, quan-
tum tibi periculum? velitatur Fortuna eminus ac, nisi
longe firmiter praecaves, mox comminus congredietur.
perfidae lupulae magnis conatibus nefarias insidias tibi 4
comparant, quarum summa est, ut te suadeant meos ex-
plorare vultus, quos, ut tibi saepe praedixi, non videbis,

und wie sie gerade durch ihre grenzenlos eitle Prahlerei ihre Aufgeblasenheit verriet, uns dann von all dem Reichtum nur ein paar Kleinigkeiten widerwillig hinwarf und uns eilends, weil ihr unsere Gegenwart lästig wurde, wegtreiben und fortpusten und hinauspfeifen ließ! Ich will nicht Weib heißen, nein, umfallen will ich, wenn ich sie nicht von all den Kostbarkeiten zu Boden hinunterwerfe! Und wenn auch dir, wie es billig ist, unsere Schmach die Galle hochtreibt, so wollen wir zusammen nach Abhilfe suchen! Gleich die Sachen da in unseren Händen wollen wir den Eltern nicht zeigen und auch sonst keinem anderen, wollen vielmehr überhaupt nichts von ihrem Ergehen wissen! Genug, daß wir selber gesehen haben, was wir besser nicht gesehen hätten; das fehlte uns noch, daß wir bei den Eltern und in aller Welt ihr großes Glück weit und breit ausposaunen, — denn der ist gar nicht glücklich, dessen Reichtum niemand kennt! Sie wird es zu spüren bekommen, daß sie es nicht mit Dienstboten, sondern mit älteren Schwestern zu tun hat. Nun, für jetzt wollen wir uns zu unseren Männern begeben und unser dürftiges, aber absolut anständiges Heim aufsuchen, und wenn wir lange und gründlich nachgedacht haben, wollen wir wohlversehen mit neuen Kräften wiederkommen, um ihren Hochmut zu bestrafen!"

So fassen die beiden Bösen statt eines guten einen bösen Entschluß, verbergen all ihre köstlichen Geschenke, raufen ihre Haare, zerkratzen — es geschah ihnen recht! — ihr Gesicht und erneuern heuchlerisch ihr Flennen. So stürzen sie auch ihre Eltern, denen sie tatsächlich die Narbe ihres Schmerzes wieder aufreißen, eben in Schrecken, eilen wutgeschwollen jede nach Hause, auf verbrecherischen Anschlag, nein, auf Mord sinnend an ihrer unschuldigen Schwester.

Unterdessen mahnt Psyche der unbekannte Gatte wieder in seinen nächtlichen Anreden: „Siehst du nicht die große Gefahr vor dir? Schon plänkelt Fortuna von ferne, und wenn du dich nicht auf weite Sicht vorsorglich wappnest, wird sie bald zum Nahkampf da sein. Die tückischen Hyänen stellen dir mit allen Mitteln eine unerhörte Falle; dabei ist das Hauptziel, daß sie dir raten, mein Gesicht auszumachen, das du — ich habe es dir

si videris. ergo igitur, si posthac pessimae illae Lamiae 5
noxiis animis armatae venerint — venient autem, scio —,
neque omnino sermonem conferas et, si id tolerare pro
genuina simplicitate proque animi tui teneritudine non
potueris, certe de marito nil quicquam vel audias vel re-
spondeas. nam et familiam nostram iam propagabimus 6
et hic adhuc infantilis uterus gestat nobis infantem
alium, si texeris nostra secreta silentio, divinum, si pro-
fanaveris, mortalem.»

12

Nuntio Psyche laeta florebat et divinae subolis solacio
plaudebat et futuri pignoris gloria gestiebat et materni
nominis dignitate gaudebat. crescentes dies et menses 2
exeuntes anxia numerat et sarcinae nesciae rudimento
miratur de brevi punctulo tantum incrementulum locu-
pletis uteri.

Sed iam pestes illae taeterrimaeque furiae anhelantes 3
vipereum virus et festinantes impia celeritate navigabant.
tunc sic iterum momentarius maritus suam Psychen ad-
monet: «⟨En⟩ dies ultima et casus extremus [et]. 4
sexus infestus et sanguis inimicus iam sumpsit arma et
castra commovit et aciem direxit et classicum personavit.
iam mucrone destricto iugulum tuum nefariae tuae so-
rores petunt. heu quantis urguemur cladibus, Psyche 5
dulcissima. tui nostrique miserere religiosaque conti-
nentia domum maritum teque et istum parvulum nostrum
imminentis ruinae infortunio libera. nec illas scelestas 6
feminas, quas tibi post internecivum odium et calcata
sanguinis foedera sorores appellare non licet, vel videas
vel audias, cum in morem Sirenum scopulo prominentes
funestis vocibus saxa personabunt.»

13

Suscipit Psyche singultu lacrimoso sermonem incer-
tans: «Iam dudum, quod sciam, fidei atque parciloquio
meo perpendisti documenta nec eo setius adprobabitur

oft angekündigt — nicht wiedersiehst, wenn du es siehst. Also nun, wenn späterhin die schlimmen Ungeheuer kommen, die mit Bosheit gepanzert sind — und sie kommen, ich weiß es —, so laß dich überhaupt auf kein Gespräch ein; und kannst du das bei deiner arglosen Art und deinem zarten Wesen nicht über dich bringen, so solltest du wenigstens über deinen Mann nicht das Geringste anhören oder antworten. Denn wir werden auch Familienzuwachs bekommen, und dein noch kindlicher Leib trägt uns ein anderes Kind, — begräbst du unser Geheimnis in Schweigen, ein göttliches, entweihst du es, ein sterbliches!"

Wie Psyche diese Nachricht beglückte und der kleine himmlische Tröster entzückte und das künftige Liebespfand jubeln hieß und des Mutternamens Würde strahlen ließ! Bange rechnet sie, wie die Tage wachsen und die Monate enden, und da sie mit solch neuer Bürde nicht vertraut ist, will es ihr als Wunder erscheinen, daß von einem kleinen Stichlein ihr Leib zu so hübscher Fülle gediehen ist.

Aber schon waren jene Scheusale und gräßlichen Furien unterwegs, Schlangengift schnaubend und in ruchlos-schneller Eile. Da mahnt beim flüchtigen Besuch der Gatte seine Psyche aufs neue: „Der letzte Tag und die Entscheidung ist da. Mit Feindeswut hat die Weiberbrut schon die Waffen ergriffen und den Marsch angetreten und die Front gebildet und das Signal geblasen. Schon zielen deine Schwestern frevlerisch mit blanker Klinge auf deinen Hals. Ach, welche Nöte bedrängen uns, meine liebste Psyche! Hab Erbarmen mit dir und uns, befreie mit treulicher Beherrschung das Haus, den Gatten und dich und unser Kleines unter deinem Herzen von der drohenden Katastrophe! Die Verbrecherinnen, die in mörderischem Haß die Blutsbande in den Staub getreten haben, darfst du nicht mehr Schwestern nennen! Sieh sie nicht und höre sie nicht, wenn sie wie die Sirenen von der Klippe dräuend mit Todestönen durch die Felsen schallen!"

Da entgegnet Psyche, und ihre Worte ersticken in Schluchzen und Weinen: „Schon längst hast du meines Wissens Beweise für meine Verläßlichkeit und Verschwiegenheit in

tibi nunc etiam firmitas animi mei. tu modo Zephyro 2
nostro rursum praecipe, fungatur obsequio, et in vicem
denegatae sacrosanctae imaginis tuae redde saltem con-
spectum sororum. per istos cinnameos et undique pen- 3
dulos crines tuos, per teneras et teretis et mei similes
genas, per pectus nescio quo calore fervidum, sic in hoc
saltem parvulo cognoscam faciem tuam: supplicis an- 4
xiae piis precibus erogatus germani complexus indulge
fructum et tibi devotae dicataeque Psychae animam gaudio
recrea. nec quicquam amplius in tuo vultu requiro, iam 5
nil officiunt mihi nec ipsae nocturnae tenebrae: teneo te,
meum lumen.» his verbis et amplexibus mollibus decan- 6
tatus maritus lacrimasque eius suis crinibus detergens
facturum spopondit et praevertit statim lumen nascentis
diei.

14

Iugum sororium consponsae factionis ne parentibus
quidem visis recta de navibus scopulum petunt illum
praecipiti cum velocitate nec venti ferentis oppertae prae-
sentiam licentiosa cum temeritate prosiliunt in altum.
nec immemor Zephyrus regalis edicti, quamvis invitus, 2
susceptas eas gremio spirantis aurae solo reddidit. at illae 3
incunctatae statim conferto vestigio domum penetrant
complexaeque praedam suam sorores nomine mentientes
thensaurumque penitus abditae fraudis vultu laeto te-
gentes sic adulant:

«Psyche, non ita ut pridem parvula, et ipsa iam mater 4
es. quantum, putas, boni nobis in ista geris perula,
quantis gaudiis totam domum nostram hilarabis. o nos 5
beatas, quas infantis aurei nutrimenta laetabunt. qui si
parentum, ut oportet, pulchritudini responderit, prorsus
Cupido nascetur.»

15

Sic adfectione simulata paulatim sororis invadunt ani-

Händen, aber trotzdem soll sich dir auch jetzt mein unbeirrbarer Sinn bewähren! Heiße du nur unseren Zephyr wieder Gehorsam leisten, und anstelle deines heilig-hehren Bildes, das mir vorenthalten ist, gewähre mir wenigstens den Anblick der Schwestern! Bei der duftenden Lockenpracht deiner Haare hier, bei deinen weichen, runden und mädchengleichen Wangen, bei deiner von ich weiß nicht welchem Leben durchglühten Brust, so wahr ich wenigstens in diesem Kleinen dein Antlitz kennen lernen soll: laß dich von zagem Flehen und demütigem Bitten erweichen, verstatte das Labsal geschwisterlicher Umarmung und gönne deiner Psyche, die dir mit Herz und Hand ergeben ist, die erquickende Seelenfreude. Und ich frage fürderhin nicht nach deinem Antlitz, auch die nächtliche Finsternis stört mich nicht mehr, — ich halte ja dich in Armen, meine Sonne!" Ihre Worte und schmiegsamen Umarmungen betörten den Gatten, daß er ihre Tränen mit seinen Haaren abwischte und so zu tun gelobte; und gleich wich er vor dem Licht des werdenden Tages.

Das einträchtig verschworene Schwesternpaar geht, ohne auch nur die Eltern zu besuchen, geradeswegs von den Schiffen zu jener Klippe und springt in überstürzter Eile, ohne das Kommen des Windlotsen abzuwarten, mit verwegenem Leichtsinn in die Tiefe. Doch Zephyr befolgte den königlichen Erlaß, fing sie ungern genug im luftigen Windesschoß auf und setzte sie wieder zu Boden. Sie aber dringen gleich ohne Säumen mit hastigen Schritten ins Haus, umarmen ihre Beute — Schwestern nennen sie sich mit Lug, verdecken mit heiterer Miene den drinnen heimlich gehüteten Trug — und schmeicheln:

„Psyche, nicht so wie früher bist du das Küken, nein, selbst schon Mutter! Wieviel Glück für uns du wohl in deinem Ränzlein da trägst! Wie wirst du unser ganzes Haus vor Wonne strahlen machen! Selig wir, die die Freude haben sollen, ein goldiges Kind aufzuziehen! Wenn es — das versteht sich — an Schönheit den Eltern gleicht, wird es einen richtigen Cupido geben."

So schmeicheln sie sich mit erheuchelter Neigung allmählich

mum. statimque eas lassitudinem viae sedilibus refotas
et balnearum vaporosis fontibus curatas pulcherrime tri-
clinio mirisque illis et beatis edulibus atque tuccetis ob-
lectat. iubet citharam loqui: psallitur; tibias agere: sona- 2
tur; choros canere: cantatur. quae cuncta nullo praesente
dulcissimis modulis animos audientium remulcebant.

Nec tamen scelestarum feminarum nequitia vel illa 3
mellita cantus dulcedine mollita conquievit, sed ad desti-
natam fraudium pedicam sermonem conferentes dissimu-
lanter occipiunt sciscitari, qualis ei maritus et unde na-
talium, secta cuia proveniret. tunc illa simplicitate nimia 4
pristini sermonis oblita novum commentum instruit ait-
que maritum suum de provincia proxima magnis pecu-
niis negotiantem iam medium cursum aetatis agere inter-
spersum rara canitie. nec in sermone isto tantillum mo- 5
rata rursum opiparis muneribus eas onustas ventoso
vehiculo reddidit.

16

Sed dum Zephyri tranquillo spiritu sublimatae domum
redeunt, sic secum altercantes: «Quid, soror, dicimus
de tam monstruoso fatuae illius mendacio? tunc ado- 2
lescens modo florenti lanugine barbam instruens, nunc
aetate media candenti canitie lucidus. quis ille, quem
temporis modici spatium repentina senecta reformavit?
nil aliud repperies, mi soror, quam vel mendacia istam 3
pessimam feminam confingere vel formam mariti sui
nescire. quorum utrum verum est, opibus istis quam
primum exterminanda est. quodsi viri sui faciem ignorat, 4
deo profecto denupsit et deum nobis praegnatione ista
gerit. certe si divini puelli — quod absit — haec mater
audierit, statim me laqueo nexili suspendam. ergo in- 5
terim ad parentes nostros redeamus et exordio sermonis
huius quam concolores fallacias adtexamus.»

bei ihrer Schwester ein. Gleich bietet sie ihnen Sessel, sich von den Reisestrapazen zu erholen, versorgt sie mit dampfendem Badewasser und entzückt sie dann im Speisesaal mit jenen himmlisch-wundervollen Gerichten — es gibt Roulade — aufs köstlichste. Sie befiehlt Zithermusik, es klingt; Flötenspiel, es tönt; Chorgesang, es singt. All das gab, ohne daß jemand zugegen war, die schönsten Harmonien und nahm die Zuhörenden gefangen.

Doch die Schändlichkeit der bösen Weiber wurde auch von der köstlich-süßen Musik nicht gemäßigt und beschwichtigt, sondern sie lenken das Gespräch auf die verabredete tückische Fußangel und beginnen sich heuchlerisch nach der Person, der Herkunft und dem Beruf ihres Gatten zu erkundigen. Da vergißt sie in ihrer großen Arglosigkeit ihre frühere Auskunft, errichtet ein neues Lügengebäude und sagt, ihr Mann stamme aus der Nachbarprovinz, treibe mit großem Umsatz Geschäfte, stehe in mittleren Jahren und habe leicht angegrautes Haar. Doch hielt sie sich bei diesem Thema keinen Augenblick auf, belud sie wieder mit prächtigen Geschenken und übergab sie ihrem luftigen Fahrzeug.

Aber als sie von Zephyr mit ruhigem Hauch emporgehoben waren und heimgingen, keiften sie miteinander: „Hast du Worte, Schwester, für die ungeheuerliche Lüge dieser Närrin? Neulich ein Jüngling, der sich einen ersten Flaumbart zulegt; jetzt steht er in mittleren Jahren und schimmert von weißen Haaren! So einer, — hat ihn da die kurze Zeit plötzlich greisenhaft verwandelt! Du kommst nicht drum herum, liebe Schwester: das Luder denkt sich entweder Lügen aus oder kennt die Gestalt ihres Gatten nicht. Was davon auch wahr ist, diese Schätze müssen ihr schnellstens außer Reichweite kommen. Wenn sie ihres Mannes Angesicht nicht kennt, hat sie wahrhaftig einen Gott geheiratet und trägt uns einen Gott im Mutterschoß. Bestimmt, wenn sie ein Götterbaby — nicht auszudenken! — Sohn nennt, nehme ich auf der Stelle einen Strick und hänge mich auf. Also fürs erste laß uns zu unseren Eltern heimkehren und das begonnene Thema mit möglichst passenden Intrigen weiterspinnen!“

17

Sic inflammatae parentibus fastidienter appellatis et
nocte turbata vigiliis perditae matutino scopulum pervo-
lant et inde solito venti praesidio vehementer devolant
lacrimisque pressura palpebrarum coactis hoc astu puel-
lam appellant: «Tu quidem felix et ipsa tanti mali igno- 2
rantia beata sedes incuriosa periculi tui, nos autem, quae
pervigili cura rebus tuis excubamus, cladibus tuis misere
cruciamur. pro vero namque comperimus nec te, sociae 3
scilicet doloris casusque tui, celare possumus immanem
colubrum multinodis voluminibus serpentem, veneno
noxio colla sanguinantem hiantemque ingluvie profunda
tecum noctibus latenter adquiescere. nunc recordare sor- 4
tis Pythicae, quae te trucis bestiae nuptiis destinatam
esse clamavit. et multi coloni quique circumsecus venan-
tur et accolae plurimi viderunt eum vespera redeuntem
e pastu proximique fluminis vadis innatantem.

18

Nec diu blandis alimoniarum obsequiis te saginaturum
omnes adfirmant, sed cum primum praegnationem tuam
plenus maturaverit uterus, opimiore fructu praeditam
devoraturum. ad haec iam tua est existimatio, utrum 2
sororibus pro tua cara salute sollicitis adsentiri velis et
declinata morte nobiscum secura periculi vivere an sae-
vissimae bestiae sepeliri visceribus. quodsi te ruris huius 3
vocalis solitudo vel clandestinae veneris faetidi pericu-
losique concubitus et venenati serpentis amplexus delec-
tant, certe piae sorores nostrum fecerimus.»

Tunc Psyche misella, utpote simplex et animi tenella, 4
rapitur verborum tam tristium formidine. extra terminum
mentis suae posita prorsus omnium mariti monitionum
suarumque promissionum memoriam effudit et in pro- 5
fundum calamitatis sese praecipitavit tremensque et ex-

So in Glut, begrüßen sie mürrisch ihre Eltern und verbringen in Schlaflosigkeit eine unruhige Nacht. Frühmorgens fliegen die verworfenen Weiber zu der Klippe hin, fliegen von da wie sonst im Geleit des Windes hastig hinab, pressen sich gewaltsam eine Träne aus den Lidern und wenden sich listig an die junge Frau: „Du sitzest glücklich und gerade weil du das Furchtbare nicht ahnst, weltverloren da und kümmerst dich nicht um die Gefahr, in der du schwebst; aber wir, die in immerwacher Sorge um deine Angelegenheiten auf Posten sind, quälen uns erbärmlich wegen all deines Unglücks. Wir haben nämlich als wahr ausgefunden und können es dir, da wir doch an deinem Schmerz und Leid teilnehmen, nicht verhehlen: ein ungeheurer Drache, der sich in endlosen Schlangenwindungen ringelt, mit Todesgift seinen Hals begeifert und einen Höllenrachen aufreißt, — er ruht insgeheim nächtens an deiner Seite! Jetzt ruf dir Apollos Orakel in Erinnerung: du seiest zur Hochzeit mit einem wüsten Ungeheuer bestimmt, ließ es sich laut vernehmen. Viele Bauern und Jägersleute aus der Umgebung und eine Menge Anwohner haben ihn gesehen, wie er abends vom Fraß zurückkehrte und in der Furt des nahen Flusses schwamm. Und nicht lange wird er dich mit reizender Bewirtung mästen, versichern sie alle, sondern sobald dein Leib voll und deine Schwangerschaft zur Reife gediehen ist, wird er dich mit einer richtig fetten Frucht als Zugabe auffressen. Hierzu mußt du jetzt befinden, ob du den für dein teures Leben besorgten Schwestern zustimmen und dem Tod entronnen mit uns in Sicherheit vor Gefahr leben oder im Magen des gräßlichen Ungeheuers ein Grab finden willst. Wenn dich die klingende Einsamkeit dieses Besitzes oder die eklig-gefährlichen Beilager heimlicher Lust und die Umarmungen eines giftigen Drachens erfreuen, so dürften wenigstens wir als zärtliche Schwestern das Unsrige getan haben."

Da verliert Psyche, das arme Kind, weich wie die Arglosen sind, vor Schauder über so entsetzliche Worte den Halt. Um den Verstand gebracht, ließ sie alle, aber auch alle Warnungen ihres Gatten und ihre eigenen Versprechen aus dem Gedächtnis fahren und stürzte sich kopfüber in ihr Unglück. Zitternd,

sangui colore lurida tertiata verba semihianti voce sub-
strepens sic ad illas ait:

19

«Vos quidem, carissimae sorores, ut par erat, in officio
vestrae pietatis permanetis, verum et illi, qui talia vobis
adfirmant, non videntur mihi mendacium fingere. nec 2
enim umquam viri mei vidi faciem vel omnino cuiatis
sit novi, sed tantum nocturnis subaudiens vocibus mari-
tum incerti status et prorsus lucifugam tolero bestiamque
aliquam recte dicentibus vobis merito consentio. meque 3
magnopere semper a suis terret aspectibus malumque
grande de vultus curiositate praeminatur. nunc si quam 4
salutarem opem periclitanti sorori vestrae potestis ad-
ferre, iam nunc subsistite. ceterum incuria sequens prioris
providentiae beneficia conrumpet.»

Tunc nanctae iam portis patentibus nudatum sororis 5
animum facinorosae mulieres, omissis tectae machinae
latibulis, destrictis gladiis fraudium simplicis puellae
paventes cogitationes invadunt.

20

Sic denique altera: «Quoniam nos originis nexus pro
tua incolumitate ⟨ne⟩ periculum quidem ullum ante
oculos habere compellit, viam, quae sola deducit iter
ad salutem, diu diuque cogitatam monstrabimus tibi.
novaculam praeacutam, adpulsu etiam palmulae lenien- 2
tis exasperatam, tori qua parte cubare consuesti, latenter
absconde lucernamque concinnem completam oleo, claro
lumine praemicantem subde aliquo claudentis aulae
tegmine omnique isto apparatu tenacissime dissimulato, 3
postquam sulcatum trahens gressum cubile solitum
conscenderit iamque porrectus et exordio somni premen-
tis implicitus altum soporem flare coeperit, toro delapsa 4
nudoque vestigio pensilem gradum paullulatim minuens

blutleer und leichenblaß murmelt sie mit halberstickter Stimme den Schwestern stammelnde Worte zu und sagt:

„Liebste Schwestern, ihr bleibt nur, wie zu erwarten war, eurem Familiensinn treu! Aber auch die anderen, die euch solche Dinge versichern, scheinen mir keine Lüge zu erfinden. Denn ich sah niemals meines Mannes Angesicht und weiß überhaupt nicht, welcher Art er ist, sondern horche nur auf nächtliche Laute und lasse mir einen unbestimmt gestalteten und wahrhaftig lichtscheuen Mann gefallen; und wenn ihr gültig behauptet, daß er irgendein Ungeheuer sei, muß ich euch billigerweise rechtgeben. Er schreckt mich ja immer sehr ab, ihn anzusehen, und droht mit großem Unglück bei Neugier nach seinem Gesicht. Wenn ihr nun eurer gefährdeten Schwester irgendeine Abhilfe bringen könnt, so steht mir gleich jetzt bei! Sonst wird Sorglosigkeit nachher den Gewinn früherer Vorsicht zunichte machen."

Als die Sündenweiber es endlich erreicht haben, daß die Tore offenstehen und die Seele ihrer Schwester bloßliegt, geben sie die heimliche Intrige aus dem Hinterhalt auf und dringen mit blanken Schwertern des Anschlags auf das arglose Mädchen in seinen verängstigten Gedanken ein. Also die eine: „Weil uns die Blutsbande auch die geringste Gefahr für dein Leben aus dem Blick zu verbannen heißen, wollen wir dir den Weg weisen, der allein zur Rettung führt und den wir lange, lange überlegt haben. Ein Rasiermesser, das gut scharf und noch an der Handfläche abgezogen und geschmeidig gewetzt ist, verbirg heimlich auf der Seite des Bettes, wo du zu liegen pflegst; und eine geeignete Lampe, die mit Öl gefüllt ist und ein besonders helles Licht gibt, stelle sicher versteckt unter irgendein Schälchen! Nimm dich zusammen, daß du von diesen Vorbereitungen nichts merken läßt! Und wenn er nun mit schleppendem Schritt dahergepflügt und in sein gewohntes Lager gestiegen ist, schon ausgestreckt liegt und in den Armen des ersten schweren Schlafs mit tiefen Zügen zu schlummern angefangen hat, so husche vom Bett herab, tappe auf nackten Sohlen und Zehenspitzen Schritt um Schritt, decke den Ver-

caecae tenebrae custodia liberata lucerna praeclari tui
facinoris opportunitatem de luminis consilio mutuare et 5
ancipiti telo illo audaciter, prius dextera sursum elata,
nisu quam valido noxii serpentis nodum cervicis et ca-
pitis abscide. nec nostrum tibi deerit subsidium; sed 6
cum primum illius morte salutem tibi feceris, anxie
praestola⟨tae advola⟩bimus cunctisque istis ocius tecum
relatis votivis nuptiis hominem te iungemus homini.»

21

Tali verborum incendio flammata viscera sororis iam
prorsus ardentis deserentes ipsae protinus tanti mali
confinium sibi etiam eximie metuentes flatus alitis im- 2
pulsu solito porrectae super scopulum ilico pernici se
fuga proripiunt statimque conscensis navibus abeunt.

At Psyche relicta sola — nisi quod infestis Furiis agi- 3
tata sola non est — aestu pelagi simile maerendo fluctuat
et quamvis statuto consilio et obstinato animo, iam
tamen facinori manus admovens adhuc incerta consilii
titubat multisque calamitatis suae distrahitur affectibus.
festinat differt, audet trepidat, diffidit irascitur et, quod 4
est ultimum, in eodem corpore odit bestiam, diligit mari-
tum. vespera tamen iam noctem trahente praecipiti festi-
natione nefarii sceleris instruit apparatum.

Nox aderat et maritus aderat priusque Veneris proe- 5
liis velitatus altum soporem descenderat.

22

Tunc Psyche et corporis et animi alioquin infirma, fati
tamen saevitia subministrante viribus roboratur et pro-
lata lucerna et adrepta novacula sexum audacia mutatur.
Sed cum primum luminis oblatione tori secreta claru- 2
erunt, videt omnium ferarum mitissimam dulcissimam-
que bestiam, ipsum illum Cupidinem formonsum deum

dunkelungsschutz von der Lampe, und von dem wohlmeinenden Licht laß dir die Chance zur Heldentat geben: ein Herz gefaßt und mit der doppelt geschliffenen Waffe, hast du erst die Rechte hochgeschwungen, stoß zu, so fest du kannst, und trenne mit einem Schnitt dem bösen Drachen den Kopf vom Nacken! Unser Beistand wird dir nicht fehlen, sondern sobald du dich durch seinen Tod erlöst hast, werden wir aus ungeduldiger Lauer im Fluge zur Stelle sein, dir all das da schleunigst wegschaffen helfen und dich in idealer Ehe Mensch zu Mensch fügen."

Dieses Inferno von Worten setzte die Gefühle ihrer Schwester in Feuer, und als sie lichterloh brannte, ließen sie sie schleunig allein, da sie gewaltig Angst hatten, der Brand könne auch auf sie übergreifen. Mit gewohntem Schwung trägt der Flügelhauch sie über den Felsen hinweg, sie machen sich in aller Hast davon, besteigen gleich ihre Schiffe und reisen ab.

Aber Psyche blieb allein, — nur daß jemand, der von grimmigen Furien gehetzt wird, nicht allein ist! Wie Meeresfluten treibt sie der Gram auf und nieder, und mag auch ihr Plan fest und ihr Herz entschlossen sein: jetzt, da sie die Hand ans Werk legen will, bleibt sie unschlüssig und schwankend und wird in ihrem Herzeleid von vielen Stimmungen hin- und hergerissen. Sie eilt und zögert, wagt und zittert, mißtraut und zürnt, und was das Schlimmste ist, im gleichen Wesen haßt sie das Ungeheuer und liebt den Mann. Als aber der Abend schon die Nacht heraufführt, richtet sie in überstürzter Hast alles zu dem frevlerischen Verbrechen her.

Die Nacht war da, und der Gatte war da, hatte zuerst im Liebeskampf geplänkelt und war dann in tiefen Schlaf gesunken. Da wachsen der sonst so zarten und zagen Psyche dank dem bösen Verhängnis Kräfte zu: sie holt die Lampe hervor, ergreift das Rasiermesser, und ihr Mut läßt ihr Geschlecht vergessen ...

Aber kaum hat das einfallende Licht die Geheimnisse des Lagers erhellt, erblickt sie das zahmste und lieblichste Ungeheuer unter allem Getier, ihn selbst, Cupido den herrlichen Gott,

formonse cubantem, cuius aspectu lucernae quoque lu-
men hilaratum increbruit et acuminis sacrilegi novacula
paenitebat. at vero Psyche tanto aspectu deterrita et 3
impos animi, marcido pallore defecta tremensque desedit
in imos poplites et ferrum quaerit abscondere, sed in suo
pectore; quod profecto fecisset, nisi ferrum timore tanti 4
flagitii manibus temerariis delapsum evolasset. iamque
lassa, salute defecta, dum saepius divini vultus intuetur
pulchritudinem, recreatur animi. videt capitis aurei ge- 5
nialem caesariem ambrosia temulentam, cervices lacteas
genasque purpureas pererrantes crinium globos decoriter
impeditos, alios antependulos, alios retropendulos, quo-
rum splendore nimio fulgurante iam et ipsum lumen
lucernae vacillabat. per umeros volatilis dei pinnae 6
roscidae micanti flore candicant et quamvis alis quiescen-
tibus extimae plumulae tenellae ac delicatae tremule
resultantes inquieta lasciviunt. ceterum corpus glabellum 7
atque luculentum et quale peperisse Venerem non paeni-
teret.

Ante lectuli pedes iacebat arcus et pharetra et sagittae,
magni dei propitia tela.

23

Quae dum insatiabili animo Psyche, satis et curiosa,
rimatur atque pertrectat et mariti sui miratur arma,
depromit unam de pharetra sagittam et punctu pol- 2
licis extremam aciem periclitabunda trementis etiam
nunc articuli nisu fortiore pupugit altius, ut per sum-
mam cutem roraverint parvulae sanguinis rosei gut-
tae. sic ignara Psyche sponte in Amoris incidit 3
amorem. tunc magis magisque cupidine flagrans Cupidinis
prona in eum efflictim inhians patulis ac petulantibus
saviis festinanter ingestis de somni mensura metuebat.
sed dum bono tanto percita saucia mente fluctuat, lucer- 4
na illa — sive perfidia pessima sive invidia noxia sive

herrlich gelagert, bei dessen Anblick auch das Lampenlicht vor Entzücken aufflammte und ob seiner ruchlosen Schneide das Rasiermesser sich entsetzte. Aber nun Psyche: von solch einem Anblick verwirrt und ihrer Sinne nicht mehr mächtig, ist sie matt, blaß, vergehend, zitternd tief in die Knie gesunken und sucht den Stahl zu bergen, — aber in der eigenen Brust! Das hätte sie wahrhaftig getan, wäre nicht der Stahl aus Abscheu vor solcher Schandtat ihren unbesonnenen Händen entglitten und davongeflogen. Und während sie jetzt in ihrer Erschöpfung und Ohnmacht immer von neuem das schöne Götterantlitz beschaut, erholen sich ihre Sinne wieder. Sie sieht des Wunderhauptes wonnevolles, ambrosiatrunkenes Haar, sieht über milchweißen Nacken und Purpurwangen Lockenknäuel wimmeln in reizender Wirrnis, die einen hergeringelt, die anderen hingeringelt, und ihr allüberblitzender Glanz brachte selbst das Licht der Lampe ins Flackern. An den Schultern des geflügelten Gottes schimmern taufeuchte Federn in weißem Schmelz, und mögen die Fittiche ruhen, die äußersten Federlein treiben in leise-lindem Gesäusel und Gekräusel ihr unentwegtes Spiel. Sonst war der Leib glatt und hell und so, daß Venus sich ihrer Mutterschaft nicht zu schämen brauchte.
Dem Bett zu Füßen lag der Bogen mit Köcher und Pfeilen, des großen Gottes beseligende Waffen. Während Psyche in unersättlichem Verlangen und auch einiger Neugier diese Dinge mustert und betastet und ihres Gatten Waffen bewundert, holt sie einen Pfeil aus dem Köcher hervor, und als sie durch einen Stich in den Daumen nur eben die Spitze versuchen wollte, stach sie mit etwas zu kräftigem Druck der immer noch zitternden Hand ein wenig zu tief, so daß winzige Tropfen von rosigem Blut über die Hautfläche rannen. So verliebte sich Psyche von selbst in den Liebesgott und wußte es nicht. Mehr und mehr entbrannte sie jetzt in Sehnsucht nach dem Gott der Sehnsucht, neigte sich mit schmachtender Hingabe über ihn, drückte ihm stürmisch lechzend-lüsterne Küsse auf und bangte nur um die Tiefe seines Schlafs. Aber vor Erregung und Benommenheit über ihr hohes Glück hält sie nicht still, und die Lampe — war sie nun schlimm aus Tücke

quod tale corpus contingere et quasi basiare et ipsa gestiebat — evomuit de summa luminis sui stillam ferventis olei super umerum dei dexterum.

Hem audax et temeraria lucerna et amoris vile minis- 5
terium, ipsum ignis totius deum aduris, cum te scilicet amator aliquis, ut diutius cupitis etiam nocte potiretur, primus invenerit.
Sic inustus exiluit deus visaque detectae fidei colluvie 6
prorsus ex osculis et manibus infelicissimae coniugis tacitus avolavit.

24

At Psyche statim resurgentis eius crure dextero manibus ambabus adrepto sublimis evectionis adpendix miseranda et per nubilas plagas penduli comitatus extrema consequia tandem fessa delabitur solo.
Nec deus amator humi iacentem deserens involavit 2
proximam cupressum deque eius alto cacumine sic eam
graviter commotus adfatur: «Ego quidem, simplicissima 3
Psyche, parentis meae Veneris praeceptorum immemor, quae te miseri extremique hominis devinctam cupidine infimo matrimonio addici iusserat, ipse potius amator
advolavi tibi. sed hoc feci leviter, scio, et praeclarus 4
ille sagittarius ipse me telo meo percussi teque coniugem meam feci, ut bestia scilicet tibi viderer et ferro caput excideres meum, quod istos amatores tuos oculos gerit.
haec tibi identidem semper cavenda censebam, haec 5
benivole remonebam. sed illae quidem consiliatrices egregiae tuae tam perniciosi magisterii dabunt actutum mihi poenas, te vero tantum fuga mea punivero.» et cum termino sermonis pinnis in altum se proripuit.

25

Psyche vero humi prostrata et, quantum visi poterat, volatus mariti prospiciens extremis affligebat lamentatio-

oder böse aus Neid, oder mochte es auch sie gelüsten, den köstlichen Leib zu berühren und gewissermaßen zu küssen — spie von der leuchtenden Spitze einen Tropfen heißen Öls auf die rechte Schulter des Gottes.

Hör einmal, du freche und unverschämte Lampe, du billiger Liebesdiener, den Gott allen Feuers selbst brennst du an, und dabei hat dich doch nur irgend ein Verliebter, um in Ruhe seinen Wünschen auch nachts zu frönen, erst erfunden!

So versengt, sprang der Gott auf, und als er das Vertrauen verraten und in Scherben sah, flog er seiner verzweifelten Frau geradeswegs aus Küssen und Armen schweigend davon.

Aber Psyche hatte sofort, als er sich erhob, sein rechtes Bein mit beiden Händen gefaßt und wäre eine jammervolle Zugabe seiner Himmelfahrt, durch Wolkengefilde ein schwebender Geleiter und letzter Begleiter geworden, sank sie nicht schließlich ermattet zu Boden.

Doch der göttliche Amoroso entzog sich der zu Boden Hingestreckten nicht, sondern flog auf die nächste Zypresse, und von ihrem Wipfel oben spricht er in heftiger Erregung zu ihr: „Ich, du arme Törin Psyche, habe der Gebote meiner Mutter Venus nicht geachtet, die dich an einen elenden und verworfenen Menschen in Leidenschaft zu fesseln und dich ihm in höchst gemeiner Ehe zu überantworten geheißen hatte, und bin lieber selber als Liebender zu dir geflogen. Aber das tat ich aus Leichtsinn, ich weiß, und ich berühmter Bogenschütze habe mich selbst mit meiner Waffe getroffen und dich zu meiner Gemahlin gemacht, — zu welchem Ende? Daß du mich für ein Ungeheuer hältst und mir mit dem Stahl den Kopf abschneidest, dem diese in dich verliebten Augen gehören! Davor, ich meinte es immer wieder, hättest du dich hüten sollen, davor habe ich stets in Güte gewarnt. Aber sie, deine trefflichen Lehrerinnen, werden mir für den schlimmen Rat alsbald zu büßen haben; du sollst nur durch meine Flucht bestraft sein!" Und bei den letzten Worten schwang er sich mit seinen Fittichen in die Höhe empor.

Psyche aber, die am Boden lag und, solange er noch zu sehen war, dem Flug ihres Gatten nachschaute, härmte sich in bitter-

nibus animum. sed ubi remigio plumae raptum maritum proceritas spatii fecerat alienum, per proximi fluminis marginem praecipitem sese dedit. sed mitis fluvius — in 2
honorem dei scilicet, qui et ipsas aquas urere consuevit — metuens sibi confestim eam innoxio volumine super ripam florentem herbis exposuit.

Tunc forte Pan deus rusticus iuxta supercilium amnis 3
sedebat complexus Echo montanam deam eamque voculas omnimodas edocens reccinere. proxime ripam vago pastu lasciviunt comam fluvii tondentes capellae. hir- 4
cuosus deus sauciam Psychen atque defectam, utcumque casus eius non inscius, clementer ad se vocatam sic permulcet verbis lenientibus:

«Puella scitula, sum quidem rusticanus et upilio, sed 5
senectutis prolixae beneficio multis experimentis instructus. verum si recte coniecto — quod profecto prudentes viri divinationem autumant — ab isto titubante et saepius vacillante vestigio deque nimio pallore corporis et assiduo suspiritu, immo et ipsis maerentibus oculis tuis, amore nimio laboras. ergo mihi ausculta nec te 6
rursus praecipitio vel ullo mortis accersitae genere perimas. luctum desine et pone maerorem precibusque potius Cupidinem deorum maximum percole et utpote adolescentem delicatum luxuriosumque blandis obsequiis promerere.»

26

Sic locuto deo pastore nulloque sermone reddito, sed adorato tantum numine salutari Psyche pergit ire. sed ⟨cum⟩ aliquam multum viae laboranti vestigio pererrasset, inscio quodam tramite iam die labente accedit quandam civitatem, in qua regnum maritus unius sororis eius obtinebat. qua re cognita Psyche nuntiari praesen- 2
tiam suam sorori desiderat. mox inducta mutuis amplexi-

sten Klagen. Doch als der Gatte auf seinen Flügeln im Wolkenmeer davongetragen und im hohen Raume entschwunden war, stürzte sie sich jählings über das nächste Flußufer hinab. Doch der sanfte Strom ließ sie – natürlich dem Gott zu Gefallen, der auch die Gewässer in Glut zu bringen pflegt – aus Sorge um sich unversehrt dahintreiben und setzte sie unter blühenden Blumen ans Ufer.

Da saß gerade Pan, der Gott der Fluren, an der Böschung des Wassers, hielt Echo, die Göttin der Berge, im Arm und lehrte sie allerlei hübsche Laute nachsingen. Nahe dem Ufer grasen Ziegen lustig umher und scheren das Ufer kahl. Der bocksfüßige Gott ruft Psyche in ihrer Geschlagenheit und Erschöpfung – irgendwie schien er über ihren Fall im Bilde zu sein – freundlich zu sich und spricht ihr mit beruhigenden Worten zu:

„Mein kleines Fräulein, ich bin zwar nur ein Bauer und Hirt, aber dank meinem vorgerückten Alter im Besitz von allerlei Erfahrungen. Wenn ich richtig auf den Sachverhalt schließe – wirklich gescheite Leute reden dabei von Hellseherei – aus deinem wankenden und immer wieder schwankenden Schritt, aus der allzu blassen Hautfarbe und den beständigen Seufzern, nein, schon aus deinen traurigen Augen, so leidest du an Liebeskummer! Also hör auf mich und versuch dich nicht wieder durch einen Sprung oder sonst einen gewaltsamen Tod umzubringen! Laß das Trauern und vergiß den Gram, bete lieber fleißig zu Cupido, dem Herrn der Götter, und da er ein galanter und verwöhnter junger Mann ist, so mach ihn dir durch Schmeicheln und Entgegenkommen geneigt!“

So sprach der Hirtengott, und ohne ein Wort zu erwidern neigt sich Psyche nur vor dem huldreichen Gott und setzt ihren Weg fort. Als sie aber eine ziemliche Strecke in mühseliger Wanderung durchirrt hatte, kommt sie auf unversehenem Pfad, da der Tag schon zur Neige geht, in eine Stadt, wo der Gatte einer ihrer Schwestern König war. Als Psyche das erfahren hat, läßt sie ihre Anwesenheit der Schwester melden. Bald wird sie vorgelassen, und als sie zur gegenseitigen Begrüßung einander

bus alternae salutationis expletis percontanti causas ad-
ventus sui sic incipit:
«Meministi consilium vestrum, scilicet quo mihi sua- 3
sistis, ut bestiam, quae mariti mentito nomine mecum
quiescebat, priusquam ingluvie voraci me misellam hauri-
ret, ancipiti novacula peremerem. sed cum primum, ut 4
aeque placuerat, conscio lumine vultus eius aspexi, video
mirum divinumque prorsus spectaculum, ipsum illum
deae Veneris filium, ipsum inquam Cupidinem leni quiete
sopitum. ac dum tanti boni spectaculo percita et nimia 5
voluptatis copia turbata fruendi laborarem inopia, casu
scilicet pessumo lucerna fervens oleum rebullivit in eius
umerum. quo dolore statim somno recussus, ubi me ferro 6
et igni conspexit armatam, ‹Tu quidem›, inquit, ‹ob istud
tam dirum facinus confestim toro meo divorte tibique
res tuas habeto; ego vero sororem tuam› — et nomen, 7
quo tu censeris, aiebat — ‹iam mihi confarreatis nuptiis
coniugabo.› et statim Zephyro praecipit, ultra terminos
me domus eius efflaret.»

27

Necdum sermonem Psyche finierat, ⟨et⟩ illa vesanae
libidinis et invidiae noxiae stimulis agitata, e re concin-
nato mendacio fallens maritum, quasi de morte parentum
aliquid comperisset, statim navem ascendit et ad illum
scopulum protinus pergit et quamvis alio flante vento, 2
caeca spe tamen inhians, «Accipe me», dicens, «Cupido,
dignam te coniugem et tu, Zephyre, suscipe dominam»,
saltu se maximo praecipitem dedit. nec tamen ad illum 3
locum vel saltem mortua pervenire potuit. nam per saxa
cautium membris iactatis atque dissipatis et proinde
ut merebatur laceratis visceribus suis alitibus bestiisque
obvium ferens pabulum interiit.

ausgiebig umarmt haben und die andere nach den Gründen ihres Kommens fragt, beginnt sie:
„Du erinnerst dich an euren Rat, weißt du, und euer Zureden, ich solle das Ungeheuer, das unter falschem Gattennamen bei mir ruhte, bevor es mich armes Geschöpf in seinen gierigen Schlund schlucken würde, mit einem doppelt geschliffenen Rasiermesser umbringen. Aber sobald ich, wie gleichfalls beschlossen war, mit Hilfe der Lampe sein Antlitz erblicke, sehe ich ein wunderbares und schlechthin göttliches Schauspiel: den Sohn der Göttin Venus selbst, ja, Cupido selbst, in sanfter Ruhe eingeschlummert. Aber während ich in Erregung dies hohe Glück beschaute und vor Verwirrung über die grenzenlos genugsame Wonne mir im Genießen nicht genugtun konnte, ließ — wirklich schlimm, daß es geschah — die Lampe heißes Öl auf seine Schulter überlaufen. Der verursachte Schmerz rüttelte ihn sofort aus dem Schlaf, und wie er mich mit Feuer und Stahl bewaffnet sah, sprach er: ‚Deinerseits hast du dich wegen dieses Kapitalverbrechens unverzüglich von meinem Bett zu scheiden und magst deine Sachen für dich behalten. Aber ich werde mir jetzt deine Schwester' — und er nannte den Namen, den du trägst — ‚in aller Form zur Frau nehmen'. Und gleich gebietet er dem Zephyr, mich über die Grenze seines Hauses fortzublasen."
Noch hatte Psyche ihre Rede nicht beendet, so wurde die andere von wahnsinniger Lust und giftigem Neid mit Peitschen gehetzt, täuschte durch eine passende Ausflucht ihren Gatten, als hätte sie etwas vom Tode ihrer Eltern gehört, besteigt sofort ein Schiff, geht geradeswegs auf jenen Felsen los, und wiewohl ein anderer Wind blies, sprach sie doch und lechzte vor blinder Hoffnung: „Nimm mich hin, Cupido, die rechte Gattin für dich, und du, Zephyr, nimm deine Herrin auf", und stürzte sich in mächtigem Sprung hinab. Doch konnte sie nicht zum Ziel gelangen, auch nicht als Tote. Denn ihre Glieder wurden über Felsspitzen geschleudert und zersprengt und, gerade wie sie es verdiente, ihr Gedärm zerfetzt, so daß sie als willkommenes Mahl für Vögel und Raubtiere den Tod fand.

Nec vindictae sequentis poena tardavit. nam Psyche 4
rursus errabundo gradu pervenit ad civitatem aliam, in
qua pari modo soror morabatur alia. nec setius et ipsa 5
fallacie germanitatis inducta et in sororis sceleratas nup-
tias aemula festinavit ad scopulum inque simile mortis
exitium cecidit.

28

Interim, dum Psyche quaesitioni Cupidinis intenta po-
pulos circumibat, at ille vulnere lucernae dolens in ipso
thalamo matris iacens ingemebat.

Tunc avis peralba illa gavia, quae super fluctus ma- 2
rinos pinnis natat, demergit sese propere ad Oceani pro-
fundum gremium. ibi commodum Venerem lavantem 3
natantemque propter assistens indicat adustum filium
eius, gravi vulneris dolore maerentem, dubium salutis
iacere. iamque per cunctorum ora populorum rumoribus 4
conviciisque variis omnem Veneris familiam male audire,
quod ille quidem montano scortatu, tu vero marino
natatu secesseritis, ac per hoc non voluptas ulla, non 5
gratia, non lepos, sed incompta et agrestia et horrida
cuncta sint: non nuptiae coniugales, non amicitiae socia-
les, non liberum caritates, sed enormis colluvies et
squalentium foederum insuave fastidium.

Haec illa verbosa et satis curiosa avis in auribus 6
Veneris fili lacerans existimationem ganniebat.

At Venus irata solidum exclamat repente: «Ergo iam 7
ille bonus filius meus habet amicam aliquam? prome
agedum, quae sola mihi servis amanter, nomen eius, quae
puerum ingenuum et investem sollicitavit, sive illa de
Nympharum populo seu de Horarum numero seu de Mu-
sarum choro vel de mearum Gratiarum ministerio.»

Nec loquax illa conticuit avis, sed «Nescio«, inquit, 8

Auch der zweite Strafvollzug ließ nicht lange auf sich warten. Denn Psyche gelangte wieder auf ihrer Irrfahrt zu einer anderen Stadt, wo ebenso ihre andere Schwester lebte. Nicht weniger ließ auch sie sich von der geschwisterlichen List täuschen, sah es gleich ihrer Schwester auf eine ruchlose Hochzeit ab, eilte zu der Klippe und fiel sich ähnlich zu Tode.

Während Psyche unterdessen nichts als Cupido zu suchen im Sinne hatte und durch die Welt umherwanderte, lag er nun mit Schmerzen an der Wunde, die ihm die Lampe verursacht hatte, nirgend anders als im Gemach seiner Mutter und stöhnte.

Da taucht der schneeweiße Möwenvogel, der mit seinen Flügeln über Meeresfluten segeln kann, eilig in des Ozeans tiefen Schoß hinab. Dort stellt er sich zu Venus hin, die gerade dort badet und schwimmt, und erstattet Anzeige: ihr Sohn sei versengt, klage über starken Wundschmerz und liege zu Bett; es sei zweifelhaft, ob er davonkomme. Schon gebe es, wo man hinhöre in der Welt, Murren und mancherlei Schimpferei, und die ganze Familie der Venus stehe in Verruf, „weil ihr euch unsichtbar gemacht habt, er zum Ludern in die Berge, du zum Baden an die See", und es somit gar kein Vergnügen, keine Lust und keinen Spaß mehr gebe, sondern alles grau und roh und wüst sei: kein Ehebund, kein Freundschaftsband, kein Verlangen nach Kindern, nur ein ungeheures Durcheinander und ordinäre Allianzen, widerlich und ekelhaft.

Das gackerte der plapperhafte und reichlich klatschsüchtige Vogel der Venus in die Ohren und machte mit dem Ruf ihres Sohnes kein Federlesen.

Aber Venus bekommt einen mächtigen Zorn und schreit sofort los: „Also hat mein braver Sohn schon eine Freundin? Heraus geschwind — du bist ja die einzige, die mir in Liebe dient —, heraus mit ihrem Namen, die dem Jungen, aus gutem Haus und halbwüchsig wie er ist, den Kopf verdreht hat, sei sie aus dem Nymphenkreis oder der Horenschar oder dem Musenchor oder meinem Grazienvolk!"

Und der geschwätzige Vogel schwieg nicht still, sondern sagte:

«domina. puto puellam — si probe memini, Psyches no-
mine dicitur — efflicte eum perire».

Tunc indignata Venus exclamavit vel maxime: «Psy- 9
chen ille meae formae succubam, mei nominis aemulam
si vere diligit, nimirum illud incrementum lenam me
putavit, cuius monstratu puellam illam cognosceret.»

29

Haec quiritans properiter emergit e mari suumque
protinus aureum thalamum petit et reperto, sicut audi-
erat, aegroto puero iam inde a foribus quam maxime
boans «Honesta», inquit, «haec et natalibus nostris 2
bonaeque tuae frugi congruentia, ut primum quidem tuae
parentis, immo dominae praecepta calcares nec sordidis
amoribus inimicam meam cruciares, verum etiam hoc 3
aetatis puer tuis licentiosis et immaturis iungeres am-
plexibus, ut ego nurum scilicet tolerarem inimicam. sed 4
utique praesumis, nugo et corruptor et inamabilis, te
solum generosum nec me iam per aetatem posse conci-
pere. velim ergo scias multo te meliorem filium alium 5
⟨me⟩ genituram, immo, ut contumeliam magis sentias,
aliquem de meis adoptaturam vernulis, eique donaturam
istas pinnas et flammas et arcum et ipsas sagittas et
omnem meam supellectilem, quam tibi non ad hos usus
dederam; nec enim de patris tui bonis ad instructionem 6
istam quicquam concessum est.

30

Sed male prima ⟨a⟩ pueritia inductus es et acutas ma-
nus habes et maiores tuos irreverenter pulsasti totiens et
ipsam matrem tuam, me inquam ipsam, parricida, denu-
das cotidie et percussisti saepius et quasi viduam utique
contemnis nec vitricum tuum fortissimum illum maxi-
mumque bellatorem metuis. quidni? cui saepius in an- 2
gorem mei paelicatus puellas propinare consuesti. sed iam

„Ich weiß nicht, Euer Gnaden; ich glaube, er ist in ein Mädel – wenn ich mich recht erinnere, heißt sie Psyche – zum Sterben verschossen."

Da schrie Venus voll Empörung erst richtig los: „Psyche und er, – die mit meiner Schönheit konkurriert und meinen Namen imitiert! Liebt er sie wirklich, so hat mich dieses Früchtchen wahrhaftig für eine Kupplerin gehalten, weil ich ihm die Bekanntschaft mit dem Mädchen vermittelt habe!"

So kreischt sie, taucht schleunigst aus dem Meer empor und begibt sich geradewegs zu ihrem goldenen Schlafgemach, und als sie dort richtig den Sohn krank vorfindet, zetert sie schon von der Tür aus, so laut sie kann, und ruft: „Eine prächtige Geschichte, die sich für unseren Stand und deine guten Manieren schickt: erstens die Weisungen deiner Mutter, nein, deiner Gebieterin mit Füßen zu treten und meine Feindin nicht mit gemeinen Liebschaften zu peinigen, und zweitens sogar als so ein unreifer Grünschnabel über die Stränge zu schlagen und sie in die Arme zu nehmen, so daß ich mich wohl mit meiner Feindin als Schwiegertochter abfinden soll! Aber du hältst es für ausgemacht, du Fratz und Verführer und mehr Jammer als Amor, du seist der einzige Stammhalter und ich könne von Alters wegen nicht mehr Mutter werden? Also nimm zur Kenntnis: ich werde einen anderen, viel besseren Sohn als dich in die Welt setzen, nein, damit du die Schande besser spürst, eins von meinen Dienstbotenkindern adoptieren und ihm deine Flügel und Flammen und Bogen samt Pfeilen und all mein Gerät schenken, das ich dir nicht zu diesem Zweck gegeben hatte; denn dein Vater hat zu dieser Ausrüstung nichts beigesteuert. Aber du bist schon von Kindesbeinen an ungezogen und hast Zinken an den Händen und hast deine großen Leute immer wieder respektlos gehauen, und selbst deiner Mutter, ja, mir selber, du Muttermörder, reißt du alle Tage die Kleider vom Leib und hast mich öfter blutig geschlagen und pfeifst auf mich, als wäre kein Mann im Haus, und fürchtest nicht einmal deinen Stiefvater, den schneidigen und prächtigen Kriegsmann. Pah! Du pflegst ihm ja manchmal auf Kosten meines Verhältnisses Mädchen zu verschaffen! Aber endlich will ich dafür

faxo te lusus huius paeniteat et sentias acidas et amaras istas nuptias. sed nunc inrisui habita quid agam? quo 3
me conferam? quibus modis stelionem istum cohibeam? petamne auxilium ab inimica mea Sobrietate, quam propter huius ipsius luxuriam offendi saepius? at rusticae 4
squalentisque feminae conloquium prorsus horresco. nec tamen vindictae solacium undeunde spernendum est. illa mihi prorsus adhibenda est nec ulla alia, quae cas- 5
tiget asperrime nugonem istum, pharetram explicet et sagittas dearmet, arcum enodet, taedam deflammet, immo et ipsum corpus eius acrioribus remediis coerceat. tunc 6
iniuriae meae litatum crediderim, cum eius comas, quas istis manibus meis subinde aureo nitore perstrinxi, deraserit, pinnas, quas meo gremio nectarei fontis infeci, praetotonderit.»

31

Sic effata foras sese proripit infesta et stomachata biles Venerias. sed eam protinus Ceres et Iuno continantur visamque vultu tumido quaesiere, cur truci supercilio tantam venustatem micantium oculorum coerceret. at 2
illa «Opportune», inquit, «ardenti prorsus isto meo pectori volentiam scilicet perpetraturae venitis. sed totis, oro, vestris viribus Psychen illam fugitivam volaticam mihi requirite. nec enim vos utique domus meae famosa fabula et non dicendi filii mei facta latuerunt.»

Tunc illae ⟨non⟩ ignarae, quae gesta sunt, palpare 3
Veneris iram saevientem sic adortae: «Quid tale, domina, deliquit tuus filius, ut animo pervicaci voluptates illius impugnes et, quam ille diligit, tu quoque perdere gestias? quod autem, oramus, isti crimen, si puellae lepi- 4
dae libenter adrisit? an ignoras eum masculum et iuvenem esse vel certe iam quot sit annorum oblita es? an,

sorgen, daß du dieses Spiel satt bekommst und dir deine Hochzeit versalzen und verpfeffert wird. – Aber jetzt, wo ich zum Narren gehalten bin, was soll ich tun? Wohin mich wenden? Wie diesen Schlauberger bändigen? Soll ich Hilfe holen bei meiner Feindin, der Nüchternheit, die ich gerade wegen der Extravaganz dieses Burschen öfter vor den Kopf gestoßen habe? Aber mit der plumpen und ordinären Frau zu reden ist mir durchaus zuwider. Und doch: süße Rache ist von keiner Seite zu verachten. Die Person muß ich unbedingt zuziehen und keine andere, daß sie mir den Taugenichts da gründlich zurechtweist, seinen Köcher vom Riemen löst und die Pfeile unschädlich macht, den Bogen entspannt, die Fackel löscht, ja, auch ihn selbst mit einigermaßen kräftigen Mitteln in die Kur nimmt. Erst dann kann ich die Beleidigung gegen mich für gesühnt halten, wenn seine Haare, die meine Hände hier oft genug mit Goldglanz überstrichen haben, von ihr abrasiert und seine Flügel, die ich auf meinem Schoß mit Nektar genetzt habe, gestutzt sind."

Nach diesen Worten stürzt sie hinaus, in drohender Haltung und galliger Gereiztheit, wie sie zu Angelegenheiten der Venus gehört. Aber schon begegnen ihr Ceres und Juno, und als sie ihre grimmige Miene sahen, fragten sie, warum sie mit Zornesfalten diese Anmut ihrer schimmernden Augen beeinträchtige. Aber die andere sprach: „Ihr kommt mir gerade recht, um mir in der Weißglut meiner Empfindungen wahrhaftig zu meinem Willen zu verhelfen. Sucht doch bitte mit allen euren Kräften diese Psyche, die Ausreißerin und Herumtreiberin! Denn euch ist ja das dunkle Gemunkel über mein Haus und der Streich meines unmöglichen Sohnes kein Geheimnis geblieben."

Jene wußten wohl, was geschehen war, und versuchten jetzt Venus in ihrer Zorneswut zu besänftigen: „Was hat denn dein Sohn so Schlimmes angestellt, Verehrteste, daß du seine Pläsiers unnachsichtig bekämpfst und die Person, die er liebt, gar zu verderben trachtest? Sag mal, wieso ist es denn ein Verbrechen, wenn er ein hübsches Mädchen freundlich angelächelt hat? Weißt du nicht, daß er ein Mannsbild ist und erwachsen, oder hast du wohl vergessen, wie alt er schon ist? Du

quod aetatem portat bellule, puer tibi semper videtur?
mater autem tu et praeterea cordata mulier filii tui lusus 5
semper explorabis curiose et in eo luxuriem culpabis et
amores revinces et tuas artes tuasque delicias in formon-
so filio reprehendes? quis autem te deum, quis hominum 6
patietur passim cupidines populis disseminantem, cum
tuae domus amores amare coerceas et vitiorum muliebri-
um publicam praecludas officinam?»

Sic illae metu sagittarum patrocinio gratioso Cupidini 7
quamvis absenti blandiebantur. sed Venus indignata ri-
dicule tractari suas iniurias praeversis illis alterorsus
concito gradu pelago viam capessit.

wirst doch nicht glauben, weil er sich in seiner Jugend so nett ausnimmt, müsse er ein Kind bleiben? Willst du denn als Mutter und außerdem als Frau, die das Herz am rechten Fleck hat, dem Zeitvertreib deines Sohnes immer genau nachspionieren, ihm seine Abenteuer ankreiden und seine Liebeleien unterdrücken und deine eigenen Künste, deine eigenen Freuden bei deinem hübschen Sohn tadeln? Wer im Himmel und auf Erden wird es hingehen lassen, daß du allenthalben in der Welt Liebeslust aussäst, während du in deinem Haus Liebeleien lieblos unterbindest und die allgemeine Schule für Frauenverführung zumachst?"

So setzten sie sich aus Furcht vor seinen Pfeilen gefällig und schmeichelhaft für Cupido ein, obwohl er gar nicht da war. Aber Venus ist empört, daß man sich über ihre Kränkung lustig macht, wendet sich von den anderen ab und schlägt in entgegengesetzter Richtung spornstreichs den Weg zum Meer ein.

# LIBER VI

1

Interea Psyche variis iactabatur discursibus, dies noctesque mariti vestigationibus inquieta animi, tanto cupidior iratum licet si non uxoriis blanditiis lenire, certe
servilibus precibus propitiare. et prospecto templo quo- 2
dam in ardui montis vertice «Unde autem», inquit, «scio, an istic meus degat dominus?» et ilico dirigit citatum gradum, quem defectum prorsus adsiduis laboribus spes
incitabat et votum. iamque naviter emensis celsioribus 3
iugis pulvinaribus sese proximam intulit. videt spicas frumentarias in acervo et alias flexiles in corona et
spicas hordei videt. erant et falces et operae messoriae 4
mundus omnis, sed cuncta passim iacentia et incuria confusa et, ut solet aestu, laborantium manibus pro-
iecta. haec singula Psyche curiose dividit et discretim 5
semota rite componit, rata scilicet nullius dei fana ⟨ac⟩ caerimonias neclegere se debere, sed omnium benivolam misericordiam corrogare.

2

Haec eam sollicite seduloque curantem Ceres alma deprehendit et longum exclamat protinus: «Ain, Psyche
miseranda? totum per orbem Venus anxia disquisitione 2
tuum vestigium furens animi requirit teque ad extremum supplicium expetit et totis numinis sui viribus ultionem flagitat. tu vero rerum mearum tutelam nunc geris et aliud quicquam cogitas nisi de tua salute?»

Tunc Psyche pedes eius advoluta et uberi fletu rigans 3
deae vestigia humumque verrens crinibus suis multiiugis

# SECHSTES BUCH

Unterdessen trieb es Psyche in mancherlei Irrfahrten umher; Tag und Nacht nahmen die Nachforschungen nach dem Gemahl ihrem Herzen die Ruhe. Aber um so mehr begehrte sie, mochte er auch zürnen, ihn wenn nicht als Gattin liebkosend zu besänftigen, so doch durch unterwürfige Bitten gnädig zu stimmen. Und als sie von ferne auf einem steilen Bergesgipfel einen Tempel sah, sprach sie: „Woher kann ich denn wissen, ob nicht dort mein Gebieter weilt?" Auf der Stelle richtet sie dahin ihren schleunigen Schritt, den unablässige Mühsal ganz entkräftet hatte, aber Hoffnung und Wunsch beschwingten. Nachdem sie jetzt rüstig den Berg bis zur Höhe erklommen, trat sie ein und nahte sich dem Göttersitz. Da sieht sie Weizenähren gehäuft und andere zum Kranz gewunden, auch Gerstenähren sieht sie. Es gab auch Sicheln und jegliches Gerät zur Erntearbeit; aber alles lag in achtlosem Durcheinander umher, wie es an heißen Tagen Arbeiter hinzuwerfen pflegen. Das legt Psyche sorgfältig Stück für Stück auseinander, räumt es gesondert beiseite und stellt es ordentlich zusammen; vermeinte sie doch, sie dürfe keines Gottes geweihte Stätte und heilige Bräuche vernachlässigen, sondern müsse alle zusammen um wohlwollendes Mitleid bitten.

Als sie dies eifrig und emsig besorgt, trifft die segenspendende Ceres sie an und ruft gleich von weitem: „Ists die Möglichkeit, arme Psyche? Auf der ganzen Erde forscht Venus rasend in ruhelosem Hin und Her nach deiner Spur, lädt dich zur peinlichen Bestrafung und heischt Rache mit all ihrer mächtigen Majestät. Aber du nimmst dich jetzt meiner Sachen an und denkst noch an etwas anderes als an deine Sicherheit?"

Da warf sich Psyche ihr zu Füßen, benetzte mit reichlichen Tränen der Göttin Füße, wischte mit ihren Haaren den Boden

precibus editis veniam postulabat: «Per ego te frugiferam 4
tuam dexteram istam deprecor, per laetificas messium
caerimonias, per tacita secreta cistarum et per famulo-
rum tuorum draconum pinnata curricula et glebae Siculae 5
sulcamina et currum rapacem et terram tenacem et in-
luminarum Proserpinae nuptiarum demeacula et lumi-
nosarum filiae inventionum remeacula et cetera, quae
silentio tegit Eleusinis Atticae sacrarium, miserandae
Psyches animae supplicis tuae subsiste. inter istam spica- 6
rum congeriem patere vel pauculos dies delitescam, quoad
deae tantae saeviens ira spatio temporis mitigetur vel
certe meae vires diutino labore fessae quietis intervallo
leniantur.»

3

Suscipit Ceres: «Tuis quidem lacrimosis precibus et
commoveor et opitulari cupio, sed cognatae meae, cum
qua etiam foedus antiquum amicitiae colo, bonae prae-
terea feminae, malam gratiam subire nequeo. decede 2
itaque istis aedibus protinus et quod a me retenta custo-
ditaque non fueris optimi consule.»

Contra spem suam repulsa Psyche et afflicta duplici 3
maestitia iter retrorsum porrigens inter subsitae conval-
lis sublucidum lucum prospicit fanum sollerti fabrica
structum nec ullam vel dubiam spei melioris viam volens
omittere, sed adire cuiuscumque dei veniam sacratis fori-
bus proximat. videt dona pretiosa et lacinias auro litte- 4
ratas ramis arborum postibusque suffixas, quae cum
gratia facti nomen deae, cui fuerant dicata, testabantur.
tunc genu nixa et manibus aram tepentem amplexa deter-
sis ante lacrimis sic adprecatur:

4

«Magni Iovis germana et coniuga, sive tu Sami, quae
sola partu vagituque et alimonia tua gloriatur, tenes
vetusta delubra sive celsae Carthaginis, quae te virginem

und bettelte unter vielfältigen Gebeten um Gnade: „Bei deiner früchtetragenden Rechten hier flehe ich dich an, bei den freudebringenden Erntebräuchen, bei den verschwiegenen Truhengeheimnissen und bei deiner dienenden Flügeldrachen Fahrt, den gefurchten Fluren Siziliens, dem jäh raffenden Wagen und der zäh haltenden Erde, der Proserpina Hinabfahrt zu lichtloser Hochzeit und der Tochter Auffahrt zu lichtvollem Wiederfinden, und dem übrigen, was mit Schweigen deckt des attischen Eleusis Heiligtum —: steh der erbarmungswürdigen Seele der Psyche, die auf Knien dich anfleht, zur Seite! Unter diesem Ährenhaufen laß mich nur ein paar Tage verschwinden, bis sich der großen Göttin rasender Zorn im Lauf der Zeit besänftigt oder wenigstens meine müden Kräfte nach langer Qual eine Ruhepause und Erquickung finden!"
Ceres erwidert: „Deine tränenreichen Bitten rühren mich, und ich möchte wohl helfen; aber mit meiner Verwandten, die mir auch seit langem freundschaftlich verbunden und im übrigen eine gute Frau ist, kann ich es nicht verderben. Verlaß also umgehend dies Haus, und wenn ich dich nicht dabehalten und eingesperrt habe, so kannst du von großem Glück reden!"
Wider ihre Hoffnung abgewiesen und von doppelter Traurigkeit geschlagen, wandte sich Psyche rückwärts. Da erspäht sie in dem unter ihr liegenden Talgrunde inmitten eines lichten Haines ein Heiligtum, das in kunstvoller Bauweise errichtet war; und da sie keinen noch so zweifelhaften Weg zu neuer Hoffnung unbeachtet lassen, sondern sich an jedweden Gottes Gnade wenden will, nähert sie sich dem geheiligten Tor. Sie erblickt kostbare Gaben und Tücher mit goldenen Buchstaben, die an Baumzweige und Pfosten geheftet waren und mit dem Dank für erwiesene Wohltat den Namen der Göttin bezeugten, der sie geweiht waren. Jetzt umfängt sie niederkniend mit ihren Armen den noch lauen Altar, wischt zuvor ihre Tränen ab und betet also:
„Des großen Jupiter Schwester und Gemahl, magst du zu Samos — das allein sich deiner Geburt, deines ersten Wimmerns und deiner Stillung rühmt — in den alten heiligen Hallen weilen,

vectura leonis caelo commeantem percolit, beatas sedes
frequentas seu prope ripas Inachi, qui te iam nuptam 2
Tonantis et reginam deorum memorat, inclitis Argivo-
rum praesides moenibus, quam cunctus oriens Zygiam 3
veneratur et omnis occidens Lucinam appellat, sis meis
extremis casibus Iuno Sospita meque in tantis exanclatis
laboribus defessam imminentis periculi metu libera. quod
sciam, soles praegnatibus periclitantibus ultro subvenire.»

Ad istum modum supplicanti statim sese Iuno cum 4
totius sui numinis augusta dignitate praesentat et pro-
tinus «Quam vellem», inquit, «per fidem nutum meum
precibus tuis accommodare. sed contra voluntatem Vene- 5
ris nurus meae, quam filiae semper dilexi loco, praestare
me pudor non sinit. tunc etiam legibus, quae servos alie-
nos profugos invitis dominis vetant suscipi, prohibeor.»

5

Isto quoque fortunae naufragio Psyche perterrita nec
indipisci iam maritum volatilem quiens tota spe salutis
deposita sic ipsa suas cogitationes consuluit: «Iam quae 2
possunt alia meis aerumnis temptari vel adhiberi subsi-
dia, cui nec dearum quidem quanquam volentium potu-
erunt prodesse suffragia? quo rursum itaque tantis laque- 3
is inclusa vestigium porrigam quibusque tectis vel etiam
tenebris absondita magnae Veneris inevitabiles oculos
effugiam? quin igitur masculum tandem sumis animum
et cassae speculae renuntias fortiter et ultroneam te do-
minae tuae reddis et vel sera modestia saevientes impetus
eius mitigas? qui scias, an etiam, quem diu quaeritas, 4
illic in domo matris repperias?» sic ad dubium obsequi-
um, immo ad certum exitium praeparata principium
futurae secum meditabatur obsecrationis.

magst du im hohen Karthago — dessen frommer Sinn dich als Jungfrau im Löwenwagen am Himmel dahinfahren läßt — den Ehrenthron einnehmen, magst du an den Ufern des Inachos — der deiner endlich als des Donnerers Gattin und der Götterkönigin gedenkt — der Argiver weitberühmte Mauern schirmen, du, welche der gesamte Orient als Zygia anbetet und der ganze Okzident Lucina nennt: sei mir in meiner höchsten Not Juno die Retterin und befreie mich, die im Erdulden solcher Leiden zu Tode ermattet ist, von der Angst vor drohender Gefahr! Soviel ich weiß, pflegst du schwangeren Frauen in der Not deine Hilfe anzubieten."

Da sie in dieser Weise auf Knien fleht, erscheint augenblicklich Juno in der erhabenen Herrlichkeit ihrer ganzen Majestät und spricht sogleich: „Wie gerne wollte ich, verlaß dich, meinen Wink deinen Bitten anbequemen! Aber gegen den Willen der Venus, die meine Schwiegertochter ist und mir stets an Kindes Statt lieb war, entgegenzukommen verbietet der Anstand. Und dann bin ich auch durch die Gesetze gebunden, die flüchtige Sklaven anderer wider ihrer Herren Willen aufzunehmen verbieten."

Durch diesen neuen Schiffbruch ihrer Unternehmungen vollends verstört und außerstande, ihren geflügelten Gatten noch zu erreichen, ließ Psyche alle Hoffnung auf ein Davonkommen fahren und ging so mit ihren eigenen Gedanken zu Rate: „Welche anderen Mittel für meine Leiden gibt es noch zu versuchen oder anzuwenden, da nicht einmal die Göttinnen, wiewohl sie es wünschten, mit ihrer Stimme mir zu nützen vermochten? So im Netz gefangen, wohin soll ich wieder meine Schritte lenken, unter welchem Dach, ja, in welchem Schlupfwinkel kann ich der Frau Venus unausweichlichen Augen entrinnen? Warum faßt du dir nicht endlich ein mannhaftes Herz, verzichtest tapfer auf das schwache Hoffnungsfünklein, lieferst dich freiwillig deiner Herrin aus und milderst durch Fügsamkeit, komme sie auch spät, ihre Wutausbrüche? Wer weiß, vielleicht kannst du auch den Langgesuchten dort im Hause der Mutter finden?" So bereitete sie sich zu fragwürdigem Gehorsam, nein, zum sicheren Ende, und sann bei sich, wie die

6

At Venus terrenis remediis inquisitionis abnuens cae-
lum petit. iubet instrui currum, quem ei Vulcanus auri-
fex subtili fabrica studiose poliverat et ante thalami rudi-
mentum nuptiale munus obtulerat, limae tenuantis detri-
mento conspicuum et ipsius auri damno pretiosum. de 2
multis, quae circa cubiculum dominae stabulant, proce-
dunt quattuor candidae columbae et hilaris incessibus
picta colla torquentes iugum gemmeum subeunt suscep-
taque domina laetae subvolant. currum deae prosequentes 3
gannitu constrepenti lasciviunt passeres et ceterae, quae
dulce cantitant, aves melleis modulis suave resonantes
adventum deae pronuntiant. cedunt nubes et caelum filiae 4
panditur et summus aether cum gaudio suscipit deam
nec obvias aquilas vel accipitres rapaces pertimescit mag-
nae Veneris canora familia.

7

Tunc se protinus ad Iovis regias arces dirigit et petitu
superbo Mercuri dei vocalis operae necessariam usuram
postulat. nec rennuit Iovis caerulum supercilium. tunc 2
ovans ilico comitante etiam Mercurio Venus caelo de-
meat eique sollicite serit verba: «Frater Arcadi, scis 3
nempe sororem tuam Venerem sine Mercuri praesentia
nil unquam fecisse nec te praeterit utique, quanto iam
tempore delitescentem ancillam nequiverim repperire.
nil ergo superest quam tuo praeconio praemium investi-
gationis publicitus edicere. fac ergo mandatum matures 4
meum et indicia, qui possit agnosci, manifeste designes,
ne, si quis occultationis illicitae crimen subierit, igno-
rantiae se possit excusatione defendere.» et simul dicens 5

bevorstehende Bittrede zu beginnen sei.

Aber Venus verzichtet auf irdische Fahndungsmittel und macht sich zum Himmel auf. Sie befiehlt ihren Wagen zu schirren, der ihr von Vulkan dem Goldschmied in feiner Handwerkskunst emsig ziseliert und vor der Einweihung des Brautgemachs als Hochzeitsgabe dargebracht war, dem Verschleiß und Abnutzung durch die Feile Ansehnlichkeit gaben und Wert gerade die Einbuße an Gold. Von den vielen Tauben, die rings um der Herrin Schlafgemach ihre Schläge haben, kommen vier weiße hervor und begeben sich, munter stolzierend und ihre schillernden Hälse drehend, unter das juwelenfunkelnde Joch, lassen ihre Herrin einsteigen und fliegen fröhlich empor. Im Geleit des göttlichen Wagens lärmen Sperlinge mit ausgelassenem Gezwitscher, und was sonst an Vögeln anmutig singen kann, läßt die süßesten Melodien lieblich erschallen, die Ankunft der Göttin zu verkünden. Es weichen die Wolken, der Himmel öffnet sich seiner Tochter, und der Äther droben nimmt mit Freuden die Göttin auf; keine Begegnung mit Adlern oder räuberischen Falken hat der großen Venus singendes Gesinde zu fürchten.

Nun lenkt sie geradeswegs zu Jupiters Königsburg und fordert mit herrischem Antrag dringende Verfügungsgewalt über Merkur, den redebegabten Gott. Und Jupiters schwärzliche Braue winkt kein Nein. Gleich fährt frohlockend jetzt, nicht ohne Begleitung Merkurs, Venus vom Himmel herab und setzt ihm folgendes geschäftig auseinander: „Lieber Bruder aus Arkadien, du weißt ja, deine Schwester Venus hat ohne Merkur neben sich nie etwas getan, und es entgeht dir keinesfalls, wie lange Zeit ich schon meine Magd in ihrem Versteck nicht aufzufinden vermag. Nichts also bleibt übrig, als durch dich als Herold für die Entdeckung der Spur eine Belohnung öffentlich bekanntzumachen. Sieh also zu, meinen Auftrag eilends auszuführen und genau die Kennzeichen zu beschreiben, wie sie identifiziert werden kann, damit, wenn jemand ihr gegen Fug und Recht Unterschlupf gewährt haben sollte, er sich nicht auf Unkenntnis hinauszureden und aus der Sache zu ziehen vermag!“ Unter diesen Worten überreicht sie ihm

libellum ei porrigit, ubi Psyches nomen continebatur et
cetera. quo facto protinus domum secessit.

8

Nec Mercurius omisit obsequium. nam per omnium
ora populorum passim discurrens sic mandatae praedica-
tionis munus exequebatur: «Si quis a fuga retrahere vel 2
occultam demonstrare poterit fugitivam regis filiam Ve-
neris ancillam nomine Psychen, conveniat retro metas
Murtias Mercurium praedicatorem accepturus indicivae 3
nomine ab ipsa Venere septem savia suavia et unum
blandientis adpulsu linguae longe mellitum.»

Ad hunc modum pronuntiante Mercurio tanti praemii 4
cupido certatim omnium mortalium studium adrexerat.
quae res nunc vel maxime sustulit Psyches omnem cunc-
tationem.

Iamque fores ei dominae proximanti occurrit una 5
de famulitione Veneris nomine Consuetudo statimque,
quantum maxime potuit, exclamat: «Tandem, ancilla 6
nequissima, dominam habere te scire coepisti? an pro
cetera morum tuorum temeritate istud quoque nescire te
fingis, quantos labores circa tuas inquisitiones sustinu-
erimus? sed bene, quod meas potissimum manus incidisti 7
et inter Orci cancros iam ipsos haesisti, datura scilicet
actutum tantae contumaciae poenas.»

9

Et audaciter in capillos eius inmissa manu trahebat
eam nequaquam renitentem.

Quam ubi primum inductam oblatamque sibi conspexit
Venus, latissimum cachinnum extollit et qualem solent
furenter irati, caputque quatiens et ascalpens aurem dex-
teram «Tandem», inquit, «dignata es socrum tuam sa- 2
lutare? an potius maritum, qui tuo vulnere periclitatur,
intervisere venisti? sed esto secura; iam enim excipiam
te, ut bonam nurum condecet.» et «Ubi sunt», inquit,
«Sollicitudo atque Tristities ancillae meae?» quibus intro 3

ein Papier, worin Psyches Name und so weiter verzeichnet war. Dann machte sie sich geradewegs nach Hause davon.

Und Merkur unterließ es nicht, ihr zu willfahren. Vor aller Völker Angesicht eilte er in der Welt umher und führte Amt und Auftrag der Bekanntmachung also aus: „Wenn jemand auf der Flucht festhalten oder im Versteck angeben kann eine flüchtige Königstochter, der Venus Sklavin namens Psyche, der finde sich rückwärts der Murtischen Zirkussäulen bei Merkur dem Ausrufer ein, um in Empfang zu nehmen in Form eines Anzeigelohns von Venus persönlich sieben süße Küsse und als besondere Delikatesse einen verführerischen Zungenkuß."

Auf diese Bekanntmachung Merkurs hatte die Lust nach so hoher Belohnung alle Welt zum Wetteifer aufgerufen. Dieser Umstand machte jetzt erst recht allem Zaudern Psyches ein Ende.

Als sie sich schon der Tür ihrer Herrin nähert, begegnet ihr eine aus dem Gesinde der Venus, mit Namen Vertrautheit, und ruft gleich, so laut sie kann: „Beginnst du liederliche Magd endlich zu begreifen, daß du eine Herrin hast? Oder tust du, unüberlegt wie du dich immer benimmst, als ob du auch das nicht wüßtest, welche Scherereien uns all das Fahnden nach dir gemacht hat? Gut aber, daß du justament in meine Hände gefallen und jetzt genau im Höllenschnapptor hängen geblieben bist, — natürlich mußt du für eine solche Unverschämtheit auf der Stelle büßen." Und frech fuhr sie ihr mit der Hand in die Haare und zerrte sie, ohne daß sie sich überhaupt wehrte.

Sobald Venus sie vorgeführt und sich gegenübergestellt sah, erhob sie ein breites Gelächter, wie jemand in rasendem Zorn zu tun pflegt, schüttelte den Kopf und kratzte sich am rechten Ohr, indem sie rief: „Endlich hast du dich herabgelassen, deine Schwiegermutter zu begrüßen? Oder bist du nur gekommen, einmal nach deinem Gatten zu sehen, der an deiner Wunde gefährlich darniederliegt? Aber sei ohne Sorge: ich will dich jetzt empfangen, wie es einer guten Schwiegertochter gebührt." Und dann: „Wo sind Kümmernis und Traurigkeit, meine Mägde?" Als diese hereingerufen waren, übergab sie

vocatis torquendam tradidit eam. at illae sequentes erile
praeceptum Psychen misellam flagellis afflictam et ceteris
tormentis excruciatam iterum dominae conspectui red-
dunt. tunc rursus sublato risu Venus «Et ecce», inquit, 4
«nobis turgidi ventris sui lenocinio commovet misera-
tionem, unde me praeclara subole aviam beatam scilicet
faciat. felix vero ego, quae in ipso aetatis meae flore 5
vocabor avia, et vilis ancillae filius nepos Veneris audiet.
quanquam inepta ego ⟨quae⟩ frustra filium dicam; im- 6
pares enim nuptiae et praeterea in villa sine testibus et
patre non consentiente factae legitimae non possunt
videri; ac per hoc spurius iste nascetur, si tamen partum
omnino perferre te patiemur.»

10

His editis involat eam vestemque plurifariam diloricat
capilloque discisso et capite conquassato graviter affligit.
et accepto frumento et hordeo et milio et papavere et
cicere et lente et faba commixtisque acervatim confusis-
⟨que⟩ in unum grumulum sic ad illam: «Videris enim 2
mihi tam deformis ancilla nullo alio, sed tantum sedulo
ministerio amatores tuos promereri. iam ego et ipsa
frugem tuam periclitabor. discerne seminum istorum 3
passivam congeriem singulisque granis rite dispositis at-
que seiugatis ante istam vesperam opus expeditum appro-
bato mihi.»

Sic assignato tantorum seminum cumulo ipsa cenae 4
nuptiali concessit. nec Psyche manus admolitur incon-
ditae illi et inextricabili moli, sed immanitate praecepti
consternata silens obstupescit. tunc formicula illa par- 5
vula atque ruricola certa difficultatis tantae laborisque
miserta contubernalis magni dei socrusque saevitiam exe-
crata discurrens naviter convocat corrogatque cunctam

ihnen Psyche zur Folterung. Die folgen dem herrschaftlichen Gebot, schlagen die Arme mit Geißeln, peinigen sie mit sonstigen Foltergeräten und führen sie wieder der Herrin vor. Da erhebt Venus ein neues Lachen und spricht: „Ei sieh da, mit ihrem geschwollenen Bauch will sie uns verführen und unser Mitleid erregen, mit dem sie mich wohlgemerkt zur strahlenden Großmutter eines prächtigen Sprößlings machen möchte. Wahrhaftig ein Glück für mich, daß ich in der Blüte meiner Jahre Großmutter heißen und der Sohn einer niedrigen Magd als Enkel der Venus angesprochen werden soll! Obwohl es dumm und verkehrt von mir ist, ihn Sohn zu nennen. Denn eine nicht standesgemäße Eheschließung, die zudem in einem Landhaus ohne Zeugen und ohne Zustimmung des Vaters vollzogen wurde, kann nicht als gesetzlich angesehen werden. Und somit wird der da als Bankert geboren werden, sofern ich überhaupt geruhen sollte, es zu deiner Entbindung kommen zu lassen."

Nach dieser Erklärung fährt sie auf sie los, reißt ihr das Kleid in lauter Fetzen, zerzaust ihr Haar und schlägt heftig zu, daß ihr Hören und Sehen vergeht. Dann nimmt sie Weizen und Gerste und Hirse und Mohn und Erbsen und Linsen und Bohnen, mischt sie in Mengen, schüttet sie zu einem Häufchen zusammen und spricht zu ihr: „Du scheinst mir nämlich, eine häßliche Magd wie du bist, durch nichts anderes als Diensteifrigkeit deine Liebhaber zu gewinnen. Jetzt will ich auch selbst deine Brauchbarkeit auf die Probe stellen. Scheide das Durcheinander dieses Samengemengsels, lege die einzelnen Körner gehörig für sich auseinander und liefere mir gefälligst bis heute abend die ausgeführte Arbeit ab!"

Da sie ihr also den Haufen all der Samen angewiesen, ging sie selbst zu einem Hochzeitsessen aus. Psyche aber legt keine Hand an die ungeordnete, unentwirrbare Masse, sondern wird vor Benommenheit über den ungeheuerlichen Auftrag still und starr. Da läuft ein Ameislein, so ein kleines Feldarbeiterlein – mit solcher schwierigen Mühe vertraut, die Braut bedauernd der großen Gottheit und verwünschend der Schwiegermutter Bosheit –, fleißig umher und lockt und lädt die ganze Mann-

formicarum accolarum classem: «Miseremini terrae om- 6
niparentis agiles alumnae, miseremini et Amoris uxori
puellae lepidae periclitanti prompta velocitate succurrite.»
ruunt aliae superque aliae sepedum populorum undae 7
summoque studio singulae granatim totum digerunt acer-
vum separatimque distributis dissitisque generibus e con-
spectu perniciter abeunt.

11

Sed initio noctis e convivio nuptiali vino madens et
fraglans balsama Venus remeat totumque revincta corpus
rosis micantibus visaque diligentia miri laboris «Non 2
tuum», inquit, «nequissima, nec tuarum manuum istud
opus, sed illius, cui tuo, immo et ipsius malo placuisti.»
et frusto cibarii panis ei proiecto cubitum facessit.

Interim Cupido solus interioris domus unici cubiculi 3
custodia clausus coercebatur acriter, partim ne petulanti
luxurie vulnus gravaret, partim ne cum sua cupita con-
veniret. sic ergo distentis et sub uno tecto separatis ama-
toribus tetra nox exanclata.

Sed Aurora commodum inequitante vocatae Psychae 4
Venus infit talia: «Videsne illud nemus, quod fluvio
praeterluenti ripisque longis attenditur, cuius imi fru- 5
tices vicinum fontem despiciunt? oves ibi nitentis auri
decore florentes incustodito pastu vagantur. inde de co- 6
ma pretiosi velleris floccum mihi confestim quoquo modo
quaesitum afferas censeo.»

12

Perrexit Psyche volenter non obsequium quidem illa
functura, sed requiem malorum praecipitio fluvialis rupis
habitura. sed inde de fluvio musicae suavis nutricula leni
crepitu dulcis aurae divinitus inspirata sic vaticinatur ha-
rundo viridis: «Psyche tantis aerumnis exercita, neque 2
tua miserrima morte meas sanctas aquas polluas nec

schaft der umwohnenden Ameisen zusammen: „Erbarmt euch, ihr rührigen Kinder der allgebärenden Erde, erbarmt euch und eilt Amors Gattin, der reizenden Maid, in ihrer Not geschwind und hurtig zu Hilfe!" Da stürzen Wogen über Wogen sechsfüßiger Völker herbei, lesen mit allem Eifer einzeln kornweise den ganzen Haufen auseinander, sondern und verteilen jede Sorte für sich und verschwinden in einem Husch.

Zu Beginn der Nacht kehrt Venus vom Hochzeitsgelage zurück, voll des süßen Weines und parfümduftend, den ganzen Leib mit schimmernden Rosen umgürtet, und als sie die Arbeit erstaunlich genau getan sieht, ruft sie: „Nicht dein Werk, nichtsnutziges Ding, nicht deiner Hände Arbeit das da, sondern dessen, dem du zu deinem, nein, auch zu seinem Pech gefallen hast." Und wirft ihr ein Stück Hausbrot hin und macht sich zu Bett.

Inzwischen war Cupido allein in der Haft eines einzelnen Schlafgemachs innen im Hause eingeschlossen und wurde scharf bewacht, teils damit er nicht durch Leichtsinn und Mutwillen seine Wunde verschlimmere, teils damit er mit seiner Angebeteten nicht zusammenkomme. So also wurden die Liebenden auseinander gehalten und unter einem Dache getrennt, und eine garstige Nacht ging kaum zu Ende.

Aber als die Morgenröte eben ihre Rosse herauflenkt, läßt Venus Psyche rufen und hebt solchermaßen an: „Siehst du dort den Hain, der sich am vorbeispülenden Fluß und seinen langen Ufern ausdehnt, dessen letzte Büsche in die nahe Quelle hinabschauen? Dort schweifen Schafe in hellglänzendem Goldschimmer auf unbewachter Weide. Ich denke, du bringst mir von dort rasch eine Flocke vom Haar des kostbaren Vlieses herbei, — sieh zu, wie du sie bekommst!"

Psyche machte sich willig auf, aber nicht um Gehorsam zu leisten, sondern um Ruhe vor den Leiden durch einen Sprung vom Uferfelsen zu finden. Doch vom Fluß her singt die holde Spenderin süßer Weisen, von lieblich-lindem Lüfterauschen göttlichen Atems voll, singt das grüne Schilfrohr dies Orakel: „Psyche, von vielen Drangsalen heimgesuchte, entweihe nicht durch deinen armen Tod meine heiligen Wasser noch wende

vero istud horae contra formidabiles oves feras aditum,
quoad de solis fraglantia mutuatae calorem truci rabie 3
solent efferri cornuque acuto et fronte saxea et non nunquam venenatis morsibus in exitium saevire mortalium.
sed dum meridies solis sedaverit vaporem et pecua spiri- 4
tus fluvialis serenitate conquieverint, poteris sub illa procerissima platano, quae mecum simul unum fluentum
bibit, latenter abscondere. et cum primum mitigata fu- 5
ria laxaverint oves animum, percussis frondibus attigui nemoris lanosum aurum repperies, quod passim stirpibus convexis obhaerescit.»

13

Sic harundo simplex et humana Psychen aegerrimam salutem suam docebat. nec auscultatu ⟨im⟩paenitendo diligenter instructa illa cessavit, sed observatis omnibus furatrina facili flaventis auri mollitie congestum gremium Veneri reportat.

Nec tamen apud dominam saltem secundi laboris peri- 2
culum secundum testimonium meruit, sed contortis superciliis subridens amarum sic inquit: «Nec me praeterit 3
huius quoque facti auctor adulterinus. sed iam nunc ego sedulo periclitabor, an oppido forti animo singularique
prudentia sis praedita. videsne insistentem celsissimae illi 4
rupi montis ardui verticem, de quo fontis atri fuscae defluunt undae proxumaeque conceptaculo vallis inclusae Stygias inrigant paludes et rauca Cocyti fluenta nutriunt?
indidem mihi de summi fontis penita scaturrigine rorem 5
rigentem hauritum ista confestim defers urnula.» sic aiens crustallo dedolatum vasculum insuper ei graviora comminata tradidit.

14

At illa studiose gradum celerans montis extremum petit tumulum certe vel illic in⟨ventura⟩ vitae pessimae finem. sed cum primum praedicti iugi conterminos locos
appulit, videt rei vastae letalem difficultatem. namque 2

aber auch in dieser Stunde deinen Schritt zu den furchtbaren Schafen, solange sie vom Brand der Sonne sich Hitze borgen; dann toben sie gewöhnlich in grimmiger Wut, gehen mit spitzigem Horn und steinerner Stirn und zuweilen mit giftigen Bissen den Menschen wie wahnsinnig ans Leben. Sondern wenn zu Mittag der Sonne Gluthauch gemildert ist und die Tiere sich im wohligen Säuseln vom Flusse her zur Ruhe begeben haben, dann kannst du unter jener hochgewachsenen Platane, die mit mir die gleiche Flut trinkt, dich heimlich verstecken. Und sobald die Schafe sich von ihrer Bösartigkeit beruhigt und entspannt haben, durchstöbere das Laub des benachbarten Hains, und du wirst allenthalben das wollige Gold an den gebogenen Zweigen hangen finden!"

So belehrte das Schilf in ehrlichem Mitleid die leidende Psyche, wie sie davonkommen könne. Lauschend ließ sie sich — es sollte sie nicht gereuen — genau unterweisen und säumte nicht: indem sie alles beachtet, bringt sie als leichten Fang einen Schoß voll gelb gleißenden Goldflausches der Venus mit.

Doch bei ihrer Herrin erwarb ihr selbst dieser anderen Arbeit Wagnis kein anderes Zeugnis, sondern mit gerunzelten Augenbrauen und höhnischem Lächeln sprach sie: „Es entgeht mir nicht, welcher Galan auch hier im Spiele gewesen ist. Aber jetzt will ich gründlich erproben, ob du ein wirklich tapferes Herz und ausnehmende Klugheit besitzest. Siehst du dort ganz oben über dem Felsen den steilen Gipfelfirst, von dem ein finsterer Quell mit dunklen Wogen herniederströmt, um im nahen Talbecken gesammelt die Stygischen Sümpfe zu bewässern und die dumpfen Höllenfluten zu speisen? Genau von dort, ganz oben aus dem innersten Quellensprudel schöpfst du eisiges Naß und bringst es in diesem Krüglein schleunigst herab!" Mit diesen Worten übergab sie ihr ein geschliffenes Kristallfläschchen und drohte ihr dazu noch Schlimmeres an.

Das Mädchen aber strebt mit Eifer in eiligem Schritt der höchsten Bergkuppe zu, um gewiß wenigstens dort eines elenden Lebens Ende zu finden. Sobald sie auf die Grenzbezirke des bezeichneten Gipfels gestoßen ist, erkennt sie die tödliche

saxum immani magnitudine procerum et inaccessa sale-
britate lubricum mediis e faucibus lapidis fontes horri-
dos evomebat, qui statim proni foraminis lacunis editi 3
perque proclive delapsi et angusti canalis exarato con-
tecti tramite proxumam convallem latenter incidebant.
dextra laevaque cautibus cavatis proserpunt ecce longa 4
colla porrecti saevi dracones inconivae vigiliae lumini-
bus addictis et in perpetuam lucem pupulis excubantibus.
iamque et ipsae semet muniebant vocales aquae. nam et 5
«Discede» et «Quid facis? vide» et «Quid agis? cave» et
«Fuge» et «Peribis» subinde clamant. sic impossibilitate 6
ipsa mutata in lapidem Psyche quamvis praesenti cor-
pore, sensibus tamen aberat et inextricabilis periculi mole
prorsus obruta lacrumarum etiam extremo solacio care-
bat.

15

Nec Providentiae bonae graves oculos innocentis ani-
mae latuit aerumna. nam supremi Iovis regalis ales illa
repente propansis utrimque pinnis affuit rapax aquila
memorque veteris obsequii, quo ductu Cupidinis Iovi po- 2
cillatorem Phrygium sustulerat, opportunam ferens opem
deique numen in uxoris laboribus percolens alti culminis
diales vias deserit et ob os puellae praevolans incipit:
«At tu, simplex alioquin et expers rerum talium, sperasne 3
te sanctissimi nec minus truculenti fontis vel unam stil-
lam posse furari vel omnino contingere? diis etiam ipsique 4
Iovi formidabiles aquas istas Stygias vel fando comperis-
ti quodque vos deieratis per numina deorum, deos per
Stygis maiestatem solere? sed cedo istam urnulam.» et 5
protinus adreptam complexamque festinat libratisque

Schwierigkeit des ungeheuren Unternehmens. Denn ein ragender Fels von riesiger Höhe, unersteiglich, holperig und ohne Halt, spie mitten aus dem Schlunde der Wand schaurige Wasser hervor: aus einem hohlen Loch, das sofort jäh abstürzte, brachen sie ins Freie, glitten den Hang hinab und schossen, im ausgepflügten Pfad einer engen Rinne verdeckt und verborgen, ins nahe Tal hinein. Zur Rechten und Linken kriechen da aus Felsenhöhlen, die langen Hälse gereckt, grimmige Drachen hervor, deren Augen rastloser Wachsamkeit ergeben sind und deren Pupillen in unablässigem Leuchten auf Lauer liegen. Auch die Wasser erhielten jetzt Stimme und setzten sich zur Wehr: „Geh du fort!“ und „Was machst du? Sieh dich vor!“ und „Was tust du? Nimm dich in acht!“ und „Mach dich davon!“ und „Das ist dein Tod!“ brüllen sie immerfort. So wurde Psyche, weil es unmöglich war, selbst in Stein verwandelt und war bei leiblicher Gegenwart mit ihren Sinnen doch abwesend; und die unentwirrbar schwere Aufgabe erdrückte sie schier, daß ihr gar der letzte Trost fehlte, die Tränen.

Doch den gebietenden Augen der guten Vorsehung blieb der schuldlosen Seele Drangsal nicht verborgen. Denn des Herrschers Jupiter königlicher Raubvogel, der Adler, war plötzlich mit beiderseits ausgebreiteten Fittichen da. Er gedachte des alten Dienstes, da er unter Cupidos Leitung für Jupiter den phrygischen Mundschenk emporgetragen hatte, und brachte rechtzeitige Hilfe: dem hohen Gott bei den Leiden seiner Gattin dienstbar zu sein, verläßt er die Pfade des hohen Himmelsgipfels, fliegt vor des Mädchens Antlitz hin und hebt an: „Höre einmal, ungewandt wie du bist und ohne Erfahrung in solchen Dingen, hoffst du denn von der hochheiligen und nicht minder schaurigen Quelle auch nur einen Tropfen zu stehlen oder überhaupt zu berühren? Den Göttern sogar und Jupiter selbst sind diese Stygischen Wasser fürchterlich, das weißt du ja wohl vom Hörensagen, auch daß, wie ihr bei der Götter Hoheit, so die Götter bei der Majestät des Styx zu schwören pflegen? Aber her mit dem Krüglein!“ Und flugs reißt er es an sich und trägt es in den Krallen davon. Und waagerecht die

pinnarum nutantium molibus inter genas saevientium
dentium et trisulca vibramina draconum remigium dex-
tra laevaque porrigens nolentes aquas et, ut abiret inno- 6
xius, praeminantes excipit commentus ob iussum Veneris
petere eique se praeministrare, quare paulo facilior ad-
eundi fuit copia.

16

Sic acceptam cum gaudio plenam urnulam Psyche Ve-
neri citata rettulit.

Nec tamen nutum deae saevientis vel tunc expiare po-
tuit. nam sic eam maiora atque peiora flagitia commi- 2
nans appellat renidens exitiabile: «Iam tu quidem mag-
na videris quaedam mihi et alta prorsus malefica, quae
talibus praeceptis meis obtemperasti naviter. sed adhuc 3
istud, mea pupula, ministrare debebis: sume istam pyxi-
dem», et dedit, «protinus usque ad inferos et ipsius Orci
ferales penates te derige. tunc conferens pyxidem Pro- 4
serpinae ‹Petit de te Venus›, dicito, ‹modicum de tua
mittas ei formonsitate vel ad unam saltem dieculam suf-
ficiens. nam quod habuit, dum filium curat aegrotum,
consumpsit atque contrivit omne›. sed haud immaturius
redito, quia me necesse est indidem delitam theatrum
deorum frequentare.»

17

Tunc Psyche vel maxime sensit ultimas fortunas suas
et velamento reiecto ad promptum exitium sese compelli
manifeste comperit. quidni? quae suis pedibus ultro ad
Tartarum manesque commeare cogeretur. nec cunctata 2
diutius pergit ad quampiam turrim praealtam indidem
sese datura praecipitem; sic enim rebatur ad inferos recte
atque pulcherrime se posse descendere.

Sed turris prorumpit in vocem subitam et «Quid te», 3
inquit, «praecipitio, misella, quaeris extinguere? quid-
que iam novissimo periculo laborique isto temere suc-
cumbis? nam si spiritus corpore tuo semel fuerit 4
seiugatus, ibis quidem profecto ad imum Tartarum, sed

wuchtigen Schwingen schwenkend, zwischen Rachen mit fletschenden Zähnen und dreispitzigem Drachengezüngel nach rechts und links seine Ruder reckend, fängt er die Wasser auf; die wollten es nicht leiden und warnten ihn, es werde ihm übel ergehen, wenn er nicht abziehe; doch er gab vor, er hole sie auf der Venus Geheiß und warte ihr damit auf, was den Zutritt ein wenig erleichterte. So empfing Psyche mit Freuden das volle Krüglein und brachte es hurtig zu Venus zurück.

Und dennoch konnte sie auch jetzt nicht die wütende Göttin zur Gnade versöhnen. Denn diese droht ihr mit noch größeren und ärgeren Schändlichkeiten und redet sie mit teuflischem Grinsen also an: „Du scheinst mir also eine große und allmächtige Hexe zu sein, da du mir bei solchen Befehlen ohne Zaudern gehorcht hast. Aber noch diesen Dienst, mein Püppchen, wirst du mir erweisen müssen. Nimm die Büchse hier“ – und sie gab sie ihr –, „schnell, bis zur Unterwelt und dem Totenheim des Orkus persönlich mach dich auf! Dann überbringe die Büchse der Proserpina: ‚Venus bittet dich‘, sollst du sagen, ‚ihr ein wenig von deiner Schönheit zu schicken, soviel als für einen Tag wenigstens ausreicht. Denn was sie besaß, hat sie bei der Pflege ihres kranken Sohnes alles verbraucht und vertan.‘ Aber du hast ja rechtzeitig zurückzukehren, weil ich mich damit für das Theater schminken muß, das ich bei den Göttern besuchen will.“

Da merkte Psyche erst vollends, daß dies ihr letztes Stündlein sei, und erkannte deutlich, nun die Hülle gefallen, daß sie in den sicheren Tod getrieben werde. Oder nicht, wenn man sie zwang, auf ihren eigenen Füßen willentlich zum Tartarus und den Totengeistern zu ziehen? Und sie zögert nicht länger und macht sich zu einem besonders hohen Turm auf, um sich von da hinabzustürzen. So nämlich meinte sie geradeswegs und vortrefflich in die Unterwelt hinabsteigen zu können.

Aber der Turm bricht plötzlich in Worte aus und spricht: „Warum willst du armes Kind durch einen Todessprung dein Lebenslicht ausblasen? Und warum erliegst du unbedacht deiner nun letzten Probe und Aufgabe? Denn ist der Geist erst einmal von deinem Leib geschieden, gehst du zwar stracks zum tief-

inde nullo pacto redire poteris. mihi ausculta:

18

Lacedaemo Achaiae nobilis civitas non longe sita est.
huius conterminam deviis abditam locis quaereTaenarum.
inibi spiraculum Ditis et per portas hiantes monstratur 2
iter invium; cui te limine transmeato simul commiseris,
iam canale directo perges ad ipsam Orci regiam. sed non 3
hactenus vacua debebis per illas tenebras incedere, sed
offas polentae mulso concretas ambabus gestare mani-
bus, at in ipso ore duas ferre stipes. iamque confecta 4
bona parte mortiferae viae continaberis claudum asinum
lignorum gerulum cum agasone simili, qui te rogabit, de-
cidentis sarcinae fusticulos aliquos porrigas ei, sed tu
nulla voce deprompta tacita praeterito. nec mora, cum 5
ad flumen mortuum venies, cui praefectus Charon pro-
tinus expetens portorium sic ad ripam ulteriorem sutili
cumba deducit commeantes. – ergo et inter mortuos 6
avaritia vivit, nec Charon ille vel Ditis pater tantus deus
quicquam gratuito facit. sed moriens pauper viaticum
debet quaerere et aes si forte prae manu non fuerit, nemo
eum expirare patietur. – huic squalido seni dabis nauli 7
nomine de stipibus, quas feres, alteram, sic tamen, ut
ipse sua manu de tuo sumat ore. nec setius tibi pigrum 8
fluentum transmeanti quidam supernatans senex mortu-
us putris adtollens manus orabit, ut eum intra navigium
trahas, nec tu tamen inlicita adflectare pietate.

19

Transito fluvio modicum te progressam textrices ora-
bunt anus telam struentes, manus paulisper accommodes,
nec id tamen tibi contingere fas est. nam haec omnia tibi
et multa alia de Veneris insidiis orientur, ut vel unam de
manibus omittas offulam. nec putes futile istud polenta- 2

sten Tartarus, doch von dort kannst du auf keine Weise zurückkehren. Höre mir zu: Lakedämon, die berühmte Griechenstadt, liegt nicht weit von hier. Suche an ihrer Grenze in unwegsamer Gegend entlegen den Ort Tänaros! Dort ist ein Atemloch des Dis, und durch das gähnende Tor zeigt sich ein schwer gangbarer Weg. Hast du die Schwelle überschritten und dich ihm einmal anvertraut, gehst du schon in schnurgeradem Stollen direkt auf das Schloß des Orkus zu. Aber du darfst nicht so ganz ohne alles durch diese Finsternis schreiten, sondern mußt in beiden Händen Grützeklöße, die mit Met eingedickt sind, halten und im Munde selbst zwei Münzen tragen. Und wenn du schon ein gut Teil des Todesweges hinter dich gebracht hast, wirst du einen hinkenden Esel mit Holz auf dem Rücken und mit einem ähnlich beschaffenen Treiber antreffen, der dich bitten wird, ihm einige Knüppel von der heruntergefallenen Last zu reichen; du aber mußt kein Wort hervorbringen und schweigend vorübergehen. Und es dauert nicht lange, daß du zu dem Toten Fluß kommst, wo Charon waltet, der sofort den Fährlohn verlangt und so in seinem genähten Nachen die Ankommenden ans jenseitige Ufer übersetzt. – Also lebt auch unter den Toten die Habsucht, und weder dieser Charon noch auch Vater Dis, der mächtige Gott, tut irgend etwas umsonst; sondern ein sterbender Armer muß um ein Wegegeld betteln, und wenn gerade keine Kupfermünze zur Hand ist, läßt niemand ihn seinen Geist aushauchen. – Diesem schmutzigen Alten mußt du als Fährlohn von deinen Münzen die eine geben, aber so, daß er sie mit eigener Hand aus deinem Munde nimmt. Und weiter: wenn du über die träge Flut übersetzest, wird auf ihr ein abgeschiedener Greis schwimmen, seine fauligen Hände erheben und dich bitten, ihn ins Schiff zu ziehen; du aber laß dich nicht von unerlaubtem Mitleid erweichen! Hast du den Fluß überquert und bist ein wenig weiter geschritten, so werden dich alte Weberinnen bei ihrer Wirkarbeit ein wenig Hand anzulegen bitten; doch auch damit darfst du dich nicht befassen! All das und vieles andere wird dir nämlich Venus schicken, die dich überlisten will, daß du wenigstens einen der Speisebrocken aus den Händen fahren läßt. Glaube ja nicht, das bißchen

cium damnum leve; altera enim perdita lux haec tibi pror-
sus denegabitur. canis namque praegrandis teriugo et satis 3
amplo capite praeditus immanis et formidabilis tonanti-
bus oblatrans faucibus mortuos, quibus iam nil mali
potest facere, frustra territando ante ipsum limen et atra
atria Proserpinae semper excubans servat vacuam Ditis
domum. hunc offrenatum unius offulae praeda facile 4
praeteribis ad ipsamque protinus Proserpinam introibis.
quae te comiter excipiet ac benigne, ut et molliter assi-
dere et prandium opipare suadeat sumere. sed tu et humi 5
reside et panem sordidum petitum esto. deinde nuntiato,
quid adveneris, susceptoque quod offeretur rursus re-
means canis saevitiam offula reliqua redime ac deinde 6
avaro navitae data, quam reservaveras, stipe transitoque
eius fluvio recalcans priora vestigia ad istum caelestium
siderum redies chorum. sed inter omnia hoc observandum 7
praecipue tibi censeo, ne velis aperire vel inspicere illam,
quam feres, pyxidem vel omnino divinae formonsitatis
abditum curiosius ⟨temptare⟩ thensaurum.»

20

Sic turris illa prospicua vaticinationis munus expli-
cuit. nec morata Psyche pergit Taenarum sumptisque rite
stipibus illis et offulis infernum decurrit meatum. trans- 2
itoque per silentium asinario debili et amnica stipe vec-
tori data, neglecto supernatantis mortui desiderio et spre-
tis textricum subdolis precibus et offulae cibo sopita
canis horrenda rabie domum Proserpinae penetrat. nec 3
offerentis hospitae sedile delicatum vel cibum beatum
amplexa, sed ante pedes eius residens humilis cibario
pane contenta Veneriam pertulit legationem. statimque 4

Grützeverlust mache nichts aus: wenn du nur den einen Kloß loswirst, bleibt dir das Sonnenlicht ein für allemal versagt. Nämlich ein riesenhafter Hund mit dreifachem, ganz dickem Kopf, ungeheuer und fürchterlich, bellt mit donnernder Kehle die Toten an, denen er doch nichts mehr zuleide tun kann, und liegt als zweckloses Schreckgespenst gerade vor Proserpinas Schwelle und ihren Hallen ohne Helle immer auf Wache, das öde Haus des Dis zu hüten. Hast du den mit einem Brocken geködert und kirregemacht, kommst du leicht vorbei und trittst sogleich bei Proserpina persönlich ins Haus. Sie wird dich freundlich und gütig empfangen und dir somit einen weichen Stuhl und einen üppigen Imbiß anbieten. Du aber setz dich auf den Boden, bitte um ein schlechtes Brot und iß es! Dann hast du zu melden, warum du da bist, und wenn du in Empfang genommen hast, was man dir darreicht, so mach dich auf den Rückweg, kaufe dich von dem wütigen Hund mit dem übrigen Brocken los, gib dann dem habgierigen Fährmann die Münze, die du aufgehoben hattest, und wenn du über seinen Fluß gesetzt bist, so geh auf deinen vorigen Spuren zurück, und du wirst zu dem Lichterreigen dieses Himmels wiederkehren! Aber bei allem, wenn ich dir raten soll, mußt du besonders darauf achten, daß du die Büchse in deiner Hand nicht zu öffnen begehrst oder hineinzuschauen oder überhaupt den verborgenen Schatz göttlicher Schönheit allzu neugierig zu untersuchen."

So entwickelte der weitschauende Turm die Gabe der Weissagung. Und ohne Aufenthalt begibt sich Psyche nach Tänaros, nimmt vorschriftsmäßig die Münzen und Speisebrocken und läuft den Höllenweg hinab. Nachdem sie schweigend den lahmen Eseltreiber passiert und dem Fergen das Flußfährgeld gegeben hat, auch des schwimmenden Toten Wunsch übersehen, die tückischen Bitten der Weberinnen in den Wind geschlagen, mit der Brockenspeise den schrecklich rasenden Hund besänftigt, — tritt sie in das Haus der Proserpina ein. Sie nahm den von der Wirtin dargebotenen Prachtsessel und das köstliche Essen nicht an, sondern setzte sich bescheiden zu ihren Füßen nieder, gab sich mit einem Hausbrot zufrieden und überbrachte die Venusbotschaft. Und gleich nimmt sie die ge-

secreto repletam conclusamque pyxidem suscipit et offu-
lae sequentis fraude caninis latratibus obseratis residua-
que navitae reddita stipe longe vegetior ab inferis recur-
rit. et repetita atque adorata candida ista luce quanquam 5
festinans obsequium terminare mentem capitur temera-
ria curiositate et «Ecce», inquit, «inepta ego divinae 6
formonsitatis gerula, quae nec tantillum quidem indidem
mihi delibo vel sic illi amatori meo formonso placitura.»

21

Et cum dicto reserat pyxidem. nec quicquam ibi rerum
nec formonsitas ulla, sed infernus somnus ac vere Sty-
gius, qui statim coperculo relevatus invadit eam crassa-
que soporis nebula cunctis eius membris perfunditur et
in ipso vestigio ipsaque semita conlapsam possidet. et 2
iacebat immobilis et nihil aliud quam dormiens cadaver.

Sed Cupido iam cicatrice solida revalescens nec diuti-
nam suae Psyches absentiam tolerans per altissimam cu-
biculi, quo cohibebatur, elapsus fenestram refectisque 3
pinnis aliquanta quiete longe velocius provolans Psy-
chen accurrit suam detersoque somno curiose et rursum
in pristinam pyxidis sedem recondito Psychen innoxio
punctulo sagittae suae suscitat et «Ecce», inquit, «rur- 4
sum perieras, misella, simili curiositate. sed interim qui-
dem tu provinciam, quae tibi matris meae praecepto man-
data est, exsequere naviter, cetera egomet videro.» his
dictis amator levis in pinnas se dedit, Psyche vero con-
festim Veneri munus reportat Proserpinae.

22

Interea Cupido amore nimio peresus et aegra facie
matris suae repentinam sobrietatem pertimescens ad ar-
millum redit alisque pernicibus caeli penetrato vertice
magno Iovi supplicat suamque causam probat. tunc Iup- 2
piter prehensa Cupidinis buccula manuque ad os suum

heimnisvolle Büchse verschlossen in Empfang, bringt dann mit dem zweiten Bissen als Köder das Hundegebell zum Schweigen, händigt die übrige Münze dem Schiffer aus und läuft sehr viel fröhlicher an die Oberwelt zurück. Aber als sie das helle Tageslicht wieder erreicht und begrüßt hatte, wurden, wiewohl sie ihre Aufgabe zu beenden eilte, ihre Gedanken von einer vorwitzigen Neugier berückt, daß sie sprach: „Ei, ich einfältige Trägerin göttlicher Schönheit, daß ich mir nicht wenigstens ein klein bißchen daraus wegnehme, um so vielleicht meinem schönen Liebhaber zu gefallen."

Und mit diesen Worten öffnet sie die Büchse. Aber überhaupt nichts darin und keine Schönheit, — sondern ein Totenschlaf und ein recht höllischer, der, kaum vom Deckel befreit, sie befällt, sich mit einer dichten Schlummerwolke über all ihre Glieder ergießt und sie so in seiner Gewalt hat, daß sie, gerade wo sie steht, mitten auf dem Weg hinsinkt. Unbeweglich lag sie da, ein schlafender Leichnam, nichts weiter.

Doch Cupido, der bei fest vernarbender Wunde wieder genas und die lange Abwesenheit seiner Psyche nicht ertrug, schlüpfte oben aus dem Fenster des Zimmers, in dem er gefangen gehalten wurde, flog mit seinen gut ausgeruhten und neu gekräftigten Fittichen weit schneller vorwärts, eilt jetzt zu seiner Psyche, wischt den Schlaf sorgfältig von ihr ab und birgt ihn wieder in der Büchse, wo er erst gesessen, weckt dann Psyche mit einem harmlosen Stichlein seines Pfeils und sagt: „Siehst du, wieder wärest du armes Geschöpf durch eine ähnliche Neugier verloren gewesen. Aber inzwischen walte du rüstig des Amtes, das dir durch meiner Mutter Gebot übertragen ist, um das übrige will ich selbst schauen!" Nach diesen Worten schwang sich der Amoroso leicht in die Lüfte, Psyche aber lieferte eilends Proserpinas Gabe bei Venus ab.

Mittlerweile kehrt Cupido, von heftiger Liebe verzehrt und mit bekümmertem Antlitz, aus Furcht vor der plötzlichen Pedanterie seiner Mutter zu den alten Schlichen zurück, dringt auf hurtigen Flügeln bis zum Himmelsgipfel, kniet vor dem großen Jupiter und legt ihm sein Anliegen dar. Da greift Jupiter nach Cupidos Pausbäcklein, führt es mit der Hand zu

relata consaviat atque sic ad illum: «Licet tu», inquit, 3
«domine fili, numquam mihi concessu deum decretum
servaris honorem, sed istud pectus meum, quo leges ele-
mentorum et vices siderum disponuntur, convulneraris
assiduis ictibus crebrisque terrenae libidinis foedaveris
casibus contraque leges, et ipsam Iuliam, disciplinamque 4
publicam turpibus adulteriis existimationem famamque
meam laeseris, in serpentes, in ignes, in feras, in aves et
gregalia pecua serenos vultus meos sordide reformando,
at tamen modestiae meae memor quodque inter istas 5
meas manus creveris cuncta perficiam, dum tamen scias
aemulos tuos cavere ac, si qua nunc in terris puella
praepollet pulchritudine, praesentis beneficii vicem per
eam mihi repensare te debere.»

23

Sic fatus iubet Mercurium deos omnes ad contionem protinus convocare, ac si qui coetu caelestium defuisset, in poenam decem milium nummum conventum iri pronuntiare. quo metu statim completo caelesti theatro pro sede sublimi sedens procerus Iuppiter sic enuntiat:

«Dei conscripti Musarum albo, adolescentem istum 2
quod manibus meis alumnatus sim, profecto scitis omnes.
cuius primae iuventutis caloratos impetus freno quodam
coercendos existimavi. sat est cotidianis eum fabulis ob
adulteria cunctasque corruptelas infamatum. tollenda 3
est omnis occasio et luxuria puerilis nuptialibus pedicis
alliganda. puellam elegit et virginitate privavit. teneat,
possideat, amplexus Psychen semper suis amoribus per-
fruatur.» et ad Venerem conlata facie «Nec tu», inquit, 4
«filia, quicquam contristere nec prosapiae tantae tuae

seinem Mund, küßt es ab und spricht zu ihm: „Magst du auch, mein junger Herr, niemals die mir durch Götterbeschluß zugestandene Ehre geachtet, sondern meine Brust hier, in der Elementenordnung und Gestirnwandel geregelt werden, mit unablässigen Pfeilschüssen verwundet und mit häufigen Fällen irdischer Lust besudelt und gegen die Gesetze, das julische eingeschlossen, und gegen die öffentliche Zucht mit schändlichen Liebschaften mir Ruf und Achtung verletzt haben, indem du in Schlangen, in Feuer, in wildes Getier, in Vögel und Herdenvieh mein durchlauchtiges Antlitz schmählich verwandeltest —: so will ich dennoch, nach Maßgabe meiner Milde und weil du unter meinen Händen hier aufgewachsen bist, alles zum Schlusse führen. Nur mußt du wissen, daß du dich vor deinen Konkurrenten zu hüten hast, und wenn es jetzt auf Erden irgendeine besonders einnehmende Schönheit gibt, daß du die Gegenleistung für den augenblicklichen Gunstbeweis durch dieses Mädchen mir erstatten mußt."

So spricht er und befiehlt dem Merkur, sofort alle Götter zur Sitzung zu entbieten und bekanntzumachen, wenn einer bei der Konferenz der Himmlischen fehle, so werde er auf eine Strafe von Zehntausend zu belangen sein. Aus Furcht davor füllte sich im Nu das himmlische Theater, und mit seiner hohen Gestalt auf erhabenem Throne sitzend, verkündet Jupiter also:

„Ihr Götter vom Senatsverzeichnis der Musen, daß ich den jungen Mann hier mit meinen Händen auferzogen habe, wißt ihr sicherlich alle. Ich habe für gut erachtet, daß seiner frühen Jugend hitziges Ungestüm durch einen Zaum in Schranken gehalten werde. Es reicht, daß er mit seinen Liebschaften und Verführungen jeder Art in allgemeines Gerede geraten ist. Jede Gelegenheit muß beseitigt und sein knabenhafter Überschuß durch Ehefesseln gebändigt werden! Er hat sich ein Mädchen erwählt und der Jungfraunschaft beraubt. Mag er sie haben und behalten, mag er sich in Psyches Armen immer als Amor fühlen!" Und das Gesicht zu Venus gewandt sprach er: „Und du, liebe Tochter, mußt es dir wirklich nicht zu Herzen nehmen und dir keine Sorgen machen für deine gute Familie und

statuque de matrimonio mortali metuas. iam faxo nuptias non impares, sed legitimas et iure civili congruas.» et ilico per Mercurium arripi Psychen et in caelum perduci iubet. porrecto ambrosiae poculo «Sume», inquit, «Psyche, et immortalis esto. nec umquam digredietur a tuo nexu Cupido, sed istae vobis erunt perpetuae nuptiae.»

24

Nec mora, cum cena nuptialis affluens exhibetur. ac-
cumbebat summum torum maritus Psychen gremio suo
complexus. sic et cum sua Iunone Iuppiter ac deinde per
ordinem toti dei. tunc poculum nectaris — quod vinum 2
deorum est — Iovi quidem suus pocillator ille rusticus
puer, ceteris vero Liber ministrabat, Vulcanus cenam co-
quebat. Horae rosis et ceteris floribus purpurabant om- 3
nia, Gratiae spargebant balsama, Musae quoque canora
personabant. ⟨tunc⟩ Apollo cantavit ad citharam, Venus
suavi musicae superingressa formonsa saltavit scaena
sibi sic concinnata, ut Musae quidem chorum canerent,
tibias inflaret Saturus et Paniscus ad fistulam diceret.

Sic rite Psyche convenit in manum Cupidinis. et nas- 4
citur illis maturo partu filia, quam Voluptatem nomina-
mus.»

deinen Stand wegen der Ehe mit einer Sterblichen. Ich werde jetzt dafür sorgen, daß es keine Mesalliance gibt, sondern eine gesetzmäßige Ehe, die dem bürgerlichen Recht entspricht." Und auf der Stelle ordnet er an, es sei durch Merkur Psyche aufzugreifen und im Himmel vorzuführen. Und er reichte ihr einen Pokal mit Ambrosia und sprach: „Nimm, Psyche, und sei fortan unsterblich! Und nie wird Cupido das Band mit dir lösen, sondern eure Ehe wird in Ewigkeit dauern."

Und unverzüglich wird ein prächtiges Hochzeitsmahl gegeben. Auf dem obersten Pfühl lag der Bräutigam zu Tisch und umfing Psyche in seinem Schoß. So auch mit seiner Juno Jupiter und dann dem Rang nach alle Götter. Da kredenzte den Becher mit Nektar — das ist der Wein der Götter — dem Jupiter sein Mundschenk, der berühmte Hirtenknabe, den übrigen Bacchus, und Vulkan kochte das Mahl. Die Horen bepurpurten alles mit Rosen und sonstigen Blumen, die Grazien sprengten Balsam, auch ließen die Musen Lieder erschallen. Nachher sang Apollo zur Leier und Venus tanzte elegant im Taktschritt zu lieblichen Weisen; dabei war die Bühne so arrangiert, daß die Musen Chorlieder sangen, ein Satyr die Flöte blies und ein Panbürschlein zur Rohrpfeife deklamierte.

So wurde Psyche rechtmäßig Cupido zugesprochen. Und als die Zeit der Niederkunft heran ist, wird ihnen eine Tochter geboren, die wir ‚Wonne' nennen."

# ANHANG

## ERLÄUTERUNGEN

4.29.3 ***Paphos … Knidos … Kythera:*** berühmte Heiligtümer der Aphrodite (Venus); Paphos liegt auf Cypern, Knidos auf einem Kap im Südwesten Kleinasiens, und Kythera ist eine Insel an der Südspitze der Peloponnes.

4.30.3 ***jener Hirt:*** Paris, der Aphrodite (Venus) den Preis der Schönheit vor Hera (Juno) und Athene (Minerva) zuerkennt.

4.31.6 ***Nereus:*** ein Meergott. ***Portunus:*** römischer Gott der Häfen. ***Salacia:*** römische Quell- und Meeresgöttin. ***Palämon:*** griechischer Hafengott. ***Tritonen:*** männliches Gegenstück zu den Nereustöchtern.

4.32.5 ***Orakel des Gottes von Milet:*** das Apollonorakel in Didyma bei Milet.

4.32.6 ***des milesischen Romans:*** gemeint sind die ***Metamorphosen*** des Apuleius (vgl. *Met.* 1.1.1).

4.33.2 ***die stygische Nacht:*** Der Styx ist ein Unterweltsstrom, den die Toten auf ihrem Weg ins Reich der Schatten überqueren.

5.12.6 ***Sirenen:*** Mischwesen aus Vogel- und Mädchenleibern, die auf einer Insel leben und vorbeifahrende Schiffer durch ihren Gesang betören, so daß diese die Gewalt über ihr Fahrzeug verlieren und im Meer untergehen.

5.25.3 ***Pan:*** Wald- und Hirtengott, der hier die Bergnymphe Echo, die Personifikation des Echos, singen lehrt.

5.28.7 ***Horen:*** Göttinnen der Jahreszeit. ***Grazien*** (Chariten): bringen Göttern und Menschen Anmut und Freude.

5.29.6 ***dein Vater:*** der Schmiedegott Hephaistos (Vulkan).

5.30.1 ***Stiefvater:*** der Kriegsgott Ares (Mars), eigentlich der heimliche Liebhaber der Venus.

6.2.4 ***Truhengeheimnisse:*** Bei den Mysterien der Demeter (Ceres) in Eleusis (nordöstlich von Athen) wurden geheime Kultgegenstände in Truhen verwahrt.

6.2.5 ***Proserpina*** (Persephone): Tochter der Demeter (Ceres) und Herrscherin der Unterwelt. ***Eleusis:*** siehe zu 6.2.4.

6.4.1 ***Samos:*** griechische Insel mit berühmtem Heiligtum der Hera (Juno). ***Karthago:*** ebenfalls Kultort der Hera. ***Inachos:*** Fluß in Argos.

6.4.3 ***Zygia:*** Hera (Juno) als Schutzgöttin der Ehe. ***Lucina*** (Eileithyia): Hera als Geburtshelferin.

6.8.2 ***Murtischen Zirkussäulen:*** In der Nähe des Circus Maximus in Rom lagen Tempel des Merkur und der alten Göttin Murcia, die den südlichen Zielsäulen den Namen gab; der Ort war als Straßenstrich stadtbekannt.

6.13.4 ***die Stygischen Sümpfe:*** siehe zu 4.33.2.

6.15.2 ***den phrygischen Mundschenk:*** Ganymedes, Sohn des Tros, der seiner Schönheit wegen als Mundschenk für Zeus (Jupiter) geraubt, in der jüngeren Sage als Hirt gedacht und durch den Adler des Zeus entführt wurde.

6.16.3 ***Orkus:*** Herrscher über die Unterwelt.

6.16.4 ***Proserpina:*** siehe zu 6.2.5.

6.17.1 ***Tartarus:*** die Unterwelt.

6.18.2 ***Dis:*** Herrscher über die Unterwelt.

6.18.6 ***Charon:*** Fährmann der Unterwelt, der die Toten über den Styx setzt.

6.22.4 ***das julische:*** Anspielung auf die 18 v. Chr. von Kaiser Augustus erlassene ***lex Iulia de adulteriis***, nach der Ehebruch dann strafbar war, wenn es sich um die Verführung einer alleinstehenden Freigeborenen (Mädchen oder Witwe) oder um den Seitensprung einer Ehefrau handelte.

6.23.5 ***Ambrosia:*** Götterspeise, deren Genuß Unsterblichkeit gewährt.

6.24.2 ***Mundschenk:*** siehe zu 6.15.2.

6.24.3 ***Horen ... Grazien:*** siehe zu 5.28.7.

## EINFÜHRUNG

Die Liebesgeschichte von Gott Amor und der Königstochter Psyche ist das Herzstück eines der wenigen antiken Romane, die vollständig überliefert sind. Das Werk trägt den Titel ***Metamorphosen*** und wurde irgendwann in der Mitte des 2. Jahrhunderts n. Chr. geschrieben. Der Autor, Apuleius von Madauros in der römischen Provinz Africa proconsularis (Nordafrika), lebte von etwa 125 bis 170 n. Chr. Er verfaßte außer den ***Metamorphosen*** mehrere platonische Schriften und bezeichnete sich selbst stolz als „philosophus Platonicus". Während eines längeren Aufenthaltes in Griechenland und Kleinasien ließ er sich in mehrere Mysterienkulte einweihen. Aber Platonismus und Mysterienkult bildeten nur einen Teil dessen, womit Apuleius, der als Vertreter der Zweiten Sophistik anzusehen ist, sich beschäftigte. Er wirkte als Rhetor vorübergehend in Rom und dann in Karthago, wo er auch das Amt des Äskulappriesters innehatte, und schrieb neben den Platonika und Reden Gedichte, einen weiteren Roman, der verloren ist – dieser trug den Titel ***Hermagoras*** –, historische Werke sowie Abhandlungen zur Naturwissenschaft, Arithmetik und Musik. Wenn die einzige vollständig erhaltene Rede des Apuleius, die ***Apologie***, nicht ein fiktionaler Text ist, beschäftigte der Schriftsteller sich vielleicht auch noch mit Zauberei. Denn der Rede zufolge mußte er sich deswegen vor Gericht verantworten, und zwar in Sabrata in Nordafrika. Da man die ***Apologie*** auf etwa 158/159 n. Chr. zu datieren pflegt und darin die ***Metamorphosen*** nicht erwähnt sind, obwohl es sich vom Thema her eigentlich angeboten hätte – Magie spielt in dem Roman zu Beginn eine wichtige Rolle –, setzt man die Entstehung des Romans allgemein in die Zeit danach. Dabei geht man davon aus, daß die ***Metamorphosen*** zunächst in Nordafrika publiziert wurden. Aber Ken Dowden (1994) ist mit guten Gründen dafür eingetreten, daß das Werk in den frühen fünfziger Jahren

des 2. Jahrhunderts n. Chr. sowohl in Rom entstand als auch veröffentlicht wurde.

In den *Metamorphosen* berichtet ein Ich-Erzähler namens Lucius, wie er wegen frevelhafter Neugier auf die Bekanntschaft mit magischen Künsten in einen Esel verwandelt wird (daher auch der vermutlich von dem Kirchenvater Augustin geprägte Titel *Der goldene Esel*), wie er in der Haut des Grautiers auf einer Irrfahrt durch Griechenland zahlreiche aufregende und oft gefährliche Abenteuer erlebt und wie er schließlich von der Göttin Isis zurückverwandelt sowie in den Kreis ihrer Jünger aufgenommen wird. „Amor und Psyche" ist als ein eigener kleiner „Roman" in die Lucius-Handlung eingelegt. Wir lesen die Geschichte in den Büchern 4–6 der insgesamt 11 *libri* umfassenden *Metamorphosen*. Lucius, der vom Ende des dritten bis zum Anfang des siebten Buches die Zeit seiner Gefangenschaft bei einer Räuberbande schildert, ist anwesend, während ein von den Räubern entführtes Mädchen namens Charite die Erzählung von Amor und Psyche aus dem Munde einer alten Frau vernimmt. Ist man nach der Lektüre dieses und des daran anschließenden Textes bis zum Ende des Romans gelangt, bemerkt man, daß das Schicksal der Psyche mit dem des Lucius verwandt ist. Auch die Prinzessin gerät in eine Reihe von Abenteuern, weil sie sich aus Neugier zu verbotenem Tun hinreißen läßt – trotz der Warnung ihres unsichtbaren Liebhabers Amor deckt sie das Geheimnis seiner Identität auf –, auch sie wird durch göttliche Gnade erlöst und von nun an mit einem unsterblichen Wesen eng verbunden: mit Amor, der Psyche am Ende der Erzählung heiratet. Strafe für vermessenen Drang nach Wissen, das dem Menschen versagt ist, Erlösung von langem Leiden durch eine Gottheit und endgültige Vereinigung mit ihr – das sind Motive, die, auch wenn sie in der Lucius-Handlung und in der Geschichte von Amor und Psyche in eine abenteuerliche, teils burleske, teils erotische Erzählung verwoben sind, zu einer Frage verlocken können: Ist hinter dem äußeren Geschehen ein tieferer Sinn verborgen?

Diese Frage hat man im Zusammenhang mit dem eingelegten „Kurzroman" – er wurde sehr gerne auch als Märchen bezeich-

net – bereits in der Spätantike gestellt, und es wurden seitdem stets neue Antworten gefunden. Die Fülle der theologischen, philosophischen und psychoanalytischen Deutungen ist kaum noch zu überblicken. Da Apuleius sich intensiv mit Platon auseinandersetzte, liegt es besonders nahe, in der Erzählung von Amor und Psyche die von dem Romanautor verfaßte Variante eines platonischen Mythos zu lesen. Immerhin gibt es mehrere Stellen im Text, die darauf hinweisen, daß Apuleius sich beim Konzipieren der Handlung – man nimmt heute allgemein an, daß er sie selbst erfand und nicht wie im Falle der Lucius-Handlung eine griechische Vorlage bearbeitete – von der platonischen Dämonologie anregen ließ. Ihr zufolge gibt es gottähnliche Wesen, die „Dämonen", die, den Menschen unsichtbar, als Vermittler zwischen ihnen und den Göttern die Zukunft vorhersagen, vor falschen Handlungen warnen und dadurch als Helfer fungieren. So versucht Amor, nach platonischer Vorstellung der Inbegriff eines guten „Dämons", seine Geliebte Psyche, während er unerkannt im Dunkel der Nacht mit ihr schläft, vor unbedachten Handlungen zu bewahren. Ferner unterstützt er sie bei der Lösung der letzten von vier Aufgaben, die sie im Auftrag der Venus vor der Wiedervereinigung mit ihm zu bewältigen hat. Liest man den Text in diesem Sinne, dann ist man bereit, noch weitere Berührungen mit der platonischen Lehre wahrzunehmen. Von ihr aus gesehen, verkörpert Psyche nicht nur den handelnden Menschen und Amor nicht nur den guten „Dämon", der dem Menschen zur Seite steht. Denn das griechische Wort *psyché* bedeutet „Seele", und wenn man in der Protagonistin der Erzählung in Anlehnung an ein im *Phaidros* Platons entwickeltes mythisches Bild die Personifikation der menschlichen Seele erblickt, dann erscheint Amor bei Apuleius als die Verkörperung dessen, wonach die Seele strebt: die höchste Wahrheit, die bei Platon ein göttliches Prinzip ist.

Ein genauer Vergleich zwischen dem platonischen Mythos von der Seele im *Phaidros* und der Erzählung von Amor und Psyche würde hier zu weit führen. Doch schon bei flüchtiger Lektüre der einschlägigen Passagen in dem Dialog Platons bemerkt der Leser des Apuleiustextes: Die Beschreibung des We-

ges, den Psyche von ihrer aus Neugier begangenen Fehlhandlung bis zum Erreichen der Unsterblichkeit durchläuft – sie erringt diese durch ihre Hochzeit mit Amor –, klingt deutlich, ja stellenweise wörtlich an die bei Platon geschilderte Entwicklung der menschlichen Seele bis zur Schau des Göttlichen an. Jedenfalls besteht eine unverkennbare motivische Verwandtschaft zwischen Psyches vergeblichem Bemühen, den sich in die Lüfte erhebenden Gott aufzuhalten, und der Stelle bei Platon, wo es heißt, daß die menschliche Seele, die zwischen ihren Inkarnationen Begleiterin eines Gottes sein und göttliche Wahrheiten schauen kann, wenn sie nichts sieht, zum Fliegen zu schwer ist:

> Wenn sie aber ... nichts sieht und, irgendeinen Unfall erleidend, von Vergessenheit und Trägheit angefüllt, niedergedrückt wird und so niedergedrückt das Gefieder verliert und auf die Erde fällt, dann gilt das Gesetz ... (*Phaidr.* 248c).

> Doch Psyche ergreift sogleich, als er sich erhebt, sein rechtes Bein mit den Händen, bei seiner luftigen Auffahrt ein jammervoller Anhang und, in den Wolkenschichten des schwebenden Zuges letztes Glied, sinkt sie schließlich ermattet zu Boden (*Met.* 5.24).

Ebenso evident sind die Ähnlichkeit der brennenden Sehnsucht Psyches und der menschlichen Seele nach Gott Amor bzw. dem Göttlichen (*Met.* 5.23 / *Phaidr.* 251e) sowie die Übereinstimmung beider in der Bereitschaft, für die Erfüllung ihrer Sehnsucht sogar Sklavendienste zu leisten (*Met.* 6.1.1 / *Phaidr.* 252a). Das von Neugier gesteuerte Verhalten der Königstochter wird im Lichte des Vergleichs von „Amor und Psyche" mit dem *Phaidros* negativ bewertet. Ist die Geschichte von Amor und Psyche also tatsächlich als platonischer Mythos zu lesen?

Nun, es fällt schwer, diesen Text auf eine Stufe mit Mythen zu stellen, die Platon verfaßte. Die Erzählung ist stellenweise sehr frivol, trägt bei der Beschreibung der Götter und speziell der Venus burleske Züge und ist insgesamt ausgesprochen amüsant, z.B. in ihrem spielerischen Umgang mit literarischen Texten,

denen „Amor und Psyche" motivisch enger verwandt ist als dem Mythos von der Seele im *Phaidros*. Hier sind vor allem Werke der Gattungen Komödie, Liebeselegie und Roman zu nennen, da Apuleius an solche sowohl inhaltlich als auch sprachlich direkt anknüpft. Um wenigstens anzudeuten, in welcher Weise das geschieht, wähle ich das Beispiel der Verarbeitung von Motiven des Romans. Damit meine ich Handlungselemente, die in den idealisierenden erotischen Erzählungen der griechischen Autoren Chariton, Xenophon von Ephesos, Achilleus Tatios und Heliodor das Geschehen tragen. Rekapitulieren wir kurz diese Handlungselemente, bevor wir uns ihrer Verwendung in „Amor und Psyche" zuwenden! Hauptpersonen des Geschehens sind in den griechischen Texten ein junger Mann und ein junges Mädchen von vornehmer Abstammung und unvergleichlicher Schönheit, die, bereits verheiratet oder einander fest versprochen, auf einer längeren Reise in ferne Länder teils zusammen, teils getrennt eine Serie von meist leidvollen Abenteuern zu bestehen haben. Häufigste Ursache ihrer Leiden ist der Schwur unverbrüchlicher Treue, dessen strikte Einhaltung sie als Gefangene von Räubern bzw. Piraten oder als Sklaven reicher Herren bzw. Herrinnen in gefährliche Situationen bringt. Besonders oft sind sie von der Ermordung bedroht. Oder sie fassen, auf eine andere Weise in die Enge getrieben, den verzweifelten Beschluß, sich selbst umzubringen, worauf entweder Rettung im letzten Augenblick folgen kann oder ein Scheintod, der weitere Verwicklungen hervorruft. Bevorzugte Schauplätze dieser Abenteuer sind die Länder Kleinasiens und des Nahen Ostens, in denen das Liebespaar sowohl mit Griechen als auch mit exotischen Orientalen zusammentrifft. Wenn die beiden auf dem Meer reisen, geraten sie in der Regel in einen Sturm, der einen Schiffbruch verursacht. Am Ende der Leidenskette stehen Wiedervereinigung und Heimkehr zu einem von nun an uneingeschränkt glücklichen Leben. Über dem Geschehen walten zuweilen eine oder mehrere Gottheiten, die z.B. – wie schon in Homers *Odyssee* – dadurch, daß sie einem oder beiden Protagonisten wegen einer Verfehlung zürnen, die Abenteuerserie in Gang gesetzt haben.

Alles, was hier kurz aufgezählt ist, kehrt in irgendeiner Weise in der Erzählung von Amor und Psyche wieder. Die weibliche Protagonistin ist ebenso von vornehmer Herkunft wie schön (4.1), und es gibt eine Gottheit, die Psyche mit ihrem Zorn verfolgt: Venus (4.29.5ff.). Auf das Motiv des Scheintods stößt man im Zusammenhang mit der Aussetzung Psyches auf dem Felsen (4.35.3) sowie in der Szene, in der die Prinzessin, nachdem sie die Büchse der Proserpina geöffnet hat, „ein Totenschlaf und ein recht höllischer" befällt (6.21.1f.). Während des größten Teils der Erzählhandlung ist Psyche von ihrem Liebhaber Amor getrennt, unternimmt auf der Suche nach ihm eine Art Irrfahrt, die manches Leid mit sich bringt, und steht mehrfach kurz vor dem Selbstmord oder ist vom Tod bedroht (5.25–6.21). Aber stets erfolgt Rettung in höchster Not, zuletzt durch Amor (6.21), und bald nach diesem ersten Wiedersehen mit ihrem Geliebten wird Psyche mit ihm durch die Hochzeit für immer vereint (6.22ff.). Was hier abläuft, betrifft freilich nicht eine vornehme junge Frau und ihren sozial ebenbürtigen Partner, die aus einer griechischen Polis stammen, sondern eine Märchenprinzessin und einen Gott, die sich in einem mythischen Ambiente bewegen. Deshalb sind Götter- und Heldensagen, die zu demselben Bereich gehören, stets intertextuell präsent, so etwa in den Leiden Psyches – sie werden ja vor allem durch die für Venus zu leistenden Arbeiten verursacht – die berühmten zwölf Arbeiten des Herkules. Dadurch entsteht eine komische Spannung, da ein Bezug von einem jungen Mädchen zu einem Heros hergestellt wird. Und nicht nur an Herkules fühlt sich der Leser während der Lektüre von Psyches Abenteuern erinnert, sondern auch an Odysseus und Äneas, z.B. dann, wenn die Prinzessin in die Unterwelt hinabsteigt (6.20). Soweit der Text von „Amor und Psyche" sich an die Motivstruktur des griechischen Romans anlehnt, assoziiert er zugleich Literatur, die antike Mythen transportiert, vor allem die großen epischen Erzählungen – Homers *Ilias* und *Odyssee*, Vergils *Aeneis* und Ovids *Metamorphosen* – sowie die griechische und römische Tragödie.

In „Amor und Psyche" sind also außer den von mir zunächst

genannten Gattungen Komödie, Liebeselegie und Roman auch das Epos und die Form von Drama, die Klassiker wie Sophokles und Euripides pflegten, durch Anspielungen präsent. Und nähere Betrachtung zeigt Intertextualität mit Werken weiterer poetischer Genres wie der Bukolik, dem Mimus oder sogar der kleinen Gattung Epigramm. Bedenkt man nun, daß Apuleius nicht nur auf Dichter, sondern auch auf Prosaiker rekurriert und dabei ebenfalls verschiedene Textsorten einbezieht - das reicht von stilistisch anspruchsvollen Reden bis zu Gebrauchstexten wie Gesetzen -, dann ergibt sich: Die Bezugnahme auf Platon hat keine herausragende Bedeutung, sondern erfolgt im Rahmen eines komplexen intertextuellen Sprechens. Der Reiz dieser Art von „Polyphonie", die Apuleius erzeugt, liegt zunächst einmal darin, daß man zum Heraushören der einzelnen „Stimmen" angespornt wird. Hinzu kommt die Spannung, die zwischen den verschiedenen Ebenen des Sprechens besteht und deren Wesen jetzt noch deutlicher geworden sein dürfte: Der Text vereint immer wieder das schlechterdings Unvereinbare. So wird Psyches Irrfahrt gleichzeitig Reise einer „platonischen Seele", eines epischen Helden und der Protagonistin in einem Roman. Oder Amor spielt ebenso die Rolle des *amator* in Komödie und Elegie wie diejenige des guten „Dämon" bei Platon. Oder Venus erscheint als die kosmische Gottheit des Proöms von Lukrezens *De rerum natura* und als die böse Schwiegermutter der komischen oder tragischen Bühne in Personalunion. Natürlich ist es keinem Leser verwehrt, in Platons Dialogen den wichtigsten Prätext der Erzählung von „Amor und Psyche" zu sehen und daraus eine philosophische „Botschaft" des Textes abzuleiten. Aber es gibt keine explizite Aussage des Autors, die dazu rät - die Geschichte wird ja weder von Apuleius noch von seinem Alter ego Lucius, sondern von der trunksüchtigen Haushälterin einer Räuberbande vorgetragen -, und die „Polyphonie" der intertextuellen Bezüge spricht, wie jetzt kurz zu zeigen ist, eher dagegen.

Klassische Philologen, die „offiziell" für die Erklärung antiker Texte verantwortlichen Sachverständigen, gingen bis in jüngste Zeit ganz selbstverständlich davon aus, daß bei der Interpre-

tation von Werken der griechischen und römischen Literatur zu fragen sei: „Was will der Autor uns sagen?" Da die Altertumswissenschaft ein Kind des frühneuzeitlichen Humanismus und damit einer geistigen Bewegung ist, die ein ganz bestimmtes Erziehungs- und Bildungsideal vertrat, ging man in der Regel von vornherein davon aus, daß es etwas moralisch oder philosophisch Erbauliches sei, was der Text vermittelt, und daß sich dieser auf eine eindeutige Aussage festlegen lasse. Dies dürfte eine wichtige Erklärung dafür sein, daß Interpreten von „Amor und Psyche" immer wieder eine ganz bestimmte theologische oder platonische Botschaft im Text nachzuweisen versuchten. Hinzu kommt, daß man viele Anspielungen des Autors auf literarische Texte zwar wahrnahm, aber ihr Vorhandensein gerade nicht für die Interpretation nutzte. Denn man sah in den Prätexten „Quellen" und setzte sich mit ihnen deshalb unter dem Aspekt der „Originalität" auseinander. Das konnte, wenn ein Text sich als besonders anspielungsreich erwies, dazu verführen, daß man ihn als epigonal klassifizierte. „Hier hat x den Text von y ausgeschrieben, dort den von z" – so oder ähnlich konnte der Befund lauten. Erst in jüngster Zeit begannen Klassische Philologen unter dem Einfluß der modernen Literaturwissenschaft zu erkennen, daß im Falle von Intertextualität der Autor, der sie herstellt, mit dem Autor des Werkes, auf das er anspielt, in einen Dialog tritt und auf diese Weise bewirkt, daß der Prätext die Aussage seines eigenen Textes beeinflußt. Wenn nun die Aussagen, die auf diese Weise evoziert werden, so vielfältig und überdies so heterogen sind wie in der Erzählung von „Amor und Psyche", könnte das, was der Autor Apuleius uns „sagen will", einfach dies sein: „Leser, freu Dich an der Entdeckung einer Fülle von Anspielungen, die meinen auf den ersten Blick so schlicht wirkenden Text zu einem Hypertext machen."

Man darf wohl davon ausgehen, daß die zeitgenössischen Leser des Apuleius im großen und ganzen dazu in der Lage waren, die „Hypertextualität" seines Romans und speziell der Erzählung von Amor und Psyche wahrzunehmen. Sie gehörten einer schmalen Oberschicht an, deren männliche Angehörige in der

Jugend eine sorgfältige rhetorische und literarische Ausbildung genossen. Man darf daher folgendes vermuten: Diese Leser erwarteten von einem Text wie „Amor und Psyche" nicht mehr und nicht weniger als geistig anspruchsvolle Unterhaltung. Sie bestand darin, daß man sein enormes Schulwissen durch eifriges Fahnden nach Prätexten anwenden und jeden Fund als „Treffer" werten, also sich an einer Art von „literarischem Quiz" vergnügen konnte. Heutige Rezipienten antiker Texte bedürfen selbst dann, wenn sie „vom Fach" sind, der gelehrten Glossierung. Zum Glück ist „Amor und Psyche" mehrfach ausführlich erläutert worden. Bereits der 1990 erschienene Kommentar von Edward J. Kenney legt seinen Schwerpunkt auf die Prätexte der Erzählung. Jetzt steht mit dem Erläuterungswerk der Groninger Forschungsgruppe, die von Maaike Zimmerman geleitet wird, ein Handbuch kurz vor dem Erscheinen, das besonders viel Hilfestellung für das Lesen des Textes im Hinblick auf seine „Polyphonie" an die Hand gibt. Wenn es der Einführung zu der vorliegenden Studienausgabe von „Amor und Psyche" geglückt ist, zu möglichst intensiver Benutzung von Kommentaren wie den genannten anzuregen, hat sie mehr erreicht, als wenn sie einmal mehr versucht hätte, den Autor der Erzählung als Verkünder einer ideologischen „message" zu präsentieren.

München, Frühjahr 2002 Niklas Holzberg

# LITERATURHINWEISE

## *Bibliographien und Forschungsberichte*


Bowie, E. L. / Harrison, S. J. (1993): The Romance of the Novel, in: The Journal of Roman Studies 83, S. 159–178.

Harrison, S. J. (1999): Twentieth-Century Scholarship on the Roman Novel, in: S. J. H. (Hrsg.): Oxford Readings in the Roman Novel, Oxford 1999, S. xi–xxxix.

Schlam, C. C. (1971): The Scholarship on Apuleius since 1938, in: The Classical World 64, S. 285–309.

Schmeling, G. (1970ff.; Hrsg.): The Petronian Society Newsletter, Florida.


## *Ausgaben, Übersetzungen, Kommentare*


Fernhout, J. M. H. (1949): Ad Apulei Madaurensis Metamorphoseon librum quintum commentarius exegeticus, Medioburgi.

Grimal, P. ([2]1976): Apulei Metamorphoseis (IV, 28–VI, 24). Apulée, Métamorphoses (IV, 28–VI, 24). Le conte d'Amour et Psyche. Édition, introduction et commentaire, Paris.

Helm, R. ([3]1931; Hrsg.) Apulei Platonici Madaurensis opera quae supersunt vol. I: Metamorphoseon libri XI, Leipzig (Bibliotheca Teubneriana); Nachdruck 1992.

– (1956): Apuleius, Metamorphosen oder Der goldene Esel. Lateinisch und deutsch, Berlin (Schriften und Quellen der Alten Welt 1); Nachdruck 1978.

Kenney, E. J. (1990): Apuleius: Cupid & Psyche, Cambridge.

Moreschini, C. (1994): Il mito di Amore e Psiche in Apuleio. Saggio, testo di Apuleio, traduzione e commento, Napoli (Stori e testi).

Paratore, E. (1948): Apulei Metamorphoseon libri IV–VI (La favola di Amore e Psiche). Introduzione e testo critico, Firenze; Nachdruck 1960.

Purser, L. C. (1910): The Story of Cupid and Psyche as Related by Apuleius, London; Nachdruck 1983.

Robertson, D. S. (²1956): Apuleius, Les Métamorphoses, T. I–III. Texte établi par D. S. R. et traduit par P. Vallette, Paris (Collection Budé).

Steinmann, K. (1975): Apuleius: Das Märchen von Amor und Psyche. Lateinisch und deutsch, Stuttgart (Reclams Universal-Bibliothek 486).

Zimmerman, M. [u.a.] (im Druck): Apuleius Madaurensis Metamorphoses: Book IV, 28–VI 24. 2 Bde., Groningen (Groningen Commentaries on Apuleius).

## *Forschungsliteratur*

Binder, G. / Merkelbach, R. (1968; Hrsgg.): Amor und Psyche, Darmstadt (Wege der Forschung 126).

De Filippo, J. (1990): ***Curiositas*** and the Platonism of Apuleius' ***Golden Ass***, in: American Journal of Philology 111, S. 471–492; auch in: Harrison, S. J. (Hrsg.): Oxford Readings in the Roman Novel, Oxford 1999, S. 269–289.

Dowden, K. (1982): Psyche on the Rock, in: Latomus 41, S. 336–352.

– (1994): The Roman Audience of the ***Golden Ass***, in: Tatum, J. (Hrsg.): The Search for the Ancient Novel, Baltimore / London, S. 419–434.

Edwards, M. J. (1992): The Tale of Cupid and Psyche, in: Zeitschrift für Papyrologie und Epigraphik 94, S. 77–94.

Fehling, D. (1977): Amor und Psyche. Die Schöpfung des Apuleius und ihre Einwirkung auf das Märchen, eine Kritik der romantischen Märchentheorie, Wiesbaden.

Finkelpearl, E. D. (1990): Psyche, Aeneas, and an Ass: Apuleius, ***Metamorphoses*** 6.10–6.21, in: Transactions and Proceedings of the American Philological Association 120, S. 333–348; auch in: Harrison, S. J. (Hrsg.): Oxford Readings in the Roman Novel, Oxford 1999, S. 290–306.

– (1998): Metamorphosis of Language in Apuleius: A Study of Allusion in the Novel, Ann Arbor.

Frangoulidis, S. (1997): New Comedy in Apuleius Tale of ***Cupid & Psyche***, in: S. F., Handlung und Nebenhandlung. Theater, Metatheater und Gattungsbewußtsein in der römischen Komödie, Stuttgart (Drama Beih. 6), S. 145–178.

Hägg, T. (1987): Eros und Tyche. Der Roman in der antiken Welt, Mainz.

Harrison, S. J. (1997): From Epic to Novel: Apuleius' Metamorphoses and Vergil's Aeneid, in: Materiali e discussioni per l'analisi dei testi classici 39, S. 53–73.

– (Hrsg.): Oxford Readings in the Roman Novel, Oxford 1999.

– (2000): Apuleius: A Latin Sophist, Oxford.

Hoevels, F. E. (1979): Märchen und Magie in den Metamorphosen des Apuleius von Madaura, Amsterdam (Studies in Classical Antiquity 1).

Holzberg, N. (2001): Der antike Roman. Eine Einführung, Zürich / Düsseldorf.

Hooker, W. (1955): Apuleius's „Cupid and Psyche" as a Platonic Myth, in: Bucknell Review 5, S. 24–38.

James, P. (1987): Unity in Diversity: A Study of Apuleius' *Metamorphoses* with Particular Reference to the Narrator's Art of Transformation and the Metamorphosis Motif in the Tale of Cupid and Psyche, Hildesheim etc. (Altertumswissenschaftliche Texte und Studien 16).

Kenney, E. J. (1990): Psyche and Her Mysterious Husband, in: Russell, D. A. (Hrsg.): Antonine Literature, Oxford 1990, S. 175–198.

Keulen, W. (1997): Some Legal Themes in Apuleian Context, in: Zimmermann, B. / Picone, M. (Hrsgg.), Der antike Roman und seine mittelalterliche Rezeption, Basel 1997, S. 203–229.

Krabbe, J. (1989): The Metamorphoses of Apuleius, New York etc. (American University Studies 9).

Maaskant-Kleibrink, M. (1990): Psyche's Birth, in: Groningen Colloquia on the Novel 3, S. 13–33.

Mantero, T. (1973): Amor e Psiche. Struttura di una ‚fiaba di magia', Genova.

Moreschini, C. (1978): Apuleio e il platonismo, Firenze (Accademia Toscana di Scienze e Lettere „La Colombaria". Studi 51).

Murgatroyd, P. (1997): Apuleian Ecphrasis: Cupid's Palace at Met. 5.2.2, in: Hermes 125, S. 357–366.

Panayotakis, S. (1997): *Insidiae Veneris:* Lameness, Old Age and Deception in the Underworld (Apul. *Met.* 6, 18–19), in: Groningen Colloquia on the Novel 8, S. 23–39.

Papaïoannou, S. (1998): Charite's Rape, Psyche on the Rock and the

Parallel Function of Marriage in Apuleius' *Metamorphoses*, in: Mnemosyne 51, S. 302–324.

Penwill, J. L. (1975): Slavish Pleasures and Profitless Curiosity: Fall and Redemption in Apuleius' Metamorphoses, in: Ramus 4, S. 49–82.

– (1998): Reflections on a ‚Happy Ending': The Case of Cupid and Psyche, in: Ramus 27, 160–182.

Sallmann, K. (1997): L. Apuleius (Marcellus?), in: K. S. (Hrsg.): Die Literatur des Umbruchs. Von der römischen zur christlichen Literatur. 117 bis 284 n.Chr., München (Handbuch der lateinischen Literatur der Antike 4), S. 292–318.

Sandy, G. N. (1999): The Tale of Cupid and Psyche, in: Hofmann, H. (Hrsg.): Latin Fiction: The Latin Novel in Context, London / New York 1999, S. 126–138.

Schiesaro, A. (1988): La tragedia di Psiche: note ad Apuleio *Met.* 4.28–35, Maia 40, S. 141–150.

Schlam, C. C. (1976): Cupid and Psyche: Apuleius and the Monuments, University Park, Pa.

– (1992): The *Metamorphoses* of Apuleius: On Making an Ass of Oneself, London.

– (1993): Cupid and Psyche: Folktale and Literary Narrative, in: Groningen Colloquia on the Novel 5, S. 63–73.

Shumate, N. (1996): Crisis and Conversion in Apuleius' *Metamorphoses*, Ann Arbor.

Stabryla, S. (1973): The Functions of the Tale of Cupid and Psyche in the Structure of the *Metamorphoses* of Apuleius, in: Eos 61, S. 261–272.

Steinmetz, P. (1982): Untersuchungen zur römischen Literatur des zweiten Jahrhunderts nach Christi Geburt, Wiesbaden (Palingenesia 16), S. 239–275.

Swahn, J.-Ö. (1955): The Tale of Cupid and Psyche, Lund.

Tatum, J. (1969): The Tales in Apuleius' *Metamorphoses*, in: Transactions and Proceedings of the American Philological Association 100, S. 487–527; auch in: Harrison, S. J. (Hrsg.): Oxford Readings in the Roman Novel, Oxford 1999, S. 157–194.

– (1979): Apuleius and *The Golden Ass*, Ithaca / London.

Walsh, P. G. (1970): The Roman Novel: The ‚Satyricon' of Petronius and the ‚Metamorphoses' of Apuleius, Cambridge.

Winkler, J. J. (1985): Auctor & Actor: A Narratological Reading of Apuleius's ***Golden Ass***, Berkeley etc.

Wlosok, A. (1969): Zur Einheit der Metamorphosen des Apuleius, Philologus 113, S. 68–84, engl. u. d. T.: On the Unity of Apuleius' ***Metamorphoses***, in: Harrison, S. J. (Hrsg.): Oxford Readings in the Roman Novel, Oxford 1999, S. 142–156.

Zimmerman, M. [u.a.] (1998; Hrsgg.): Aspects of Apuleius' Golden Ass. Vol. II: Cupid and Psyche, Groningen.